# 西行漫笔

## 一个远足者的异国寻觅

王兰仲 著

深圳出版发行集团
海天出版社

图书在版编目（CIP）数据

西行漫笔：一个远足者的异国寻觅 / 王兰仲著. —深圳：
海天出版社，2013.8
（本色文丛）
ISBN 978-7-5507-0750-4

Ⅰ.①西… Ⅱ.①王… Ⅲ.①散文集—中国—当代
Ⅳ.①I267

中国版本图书馆CIP数据核字（2013）第136819号

## 西行漫笔：一个远足者的异国寻觅
XIXING MANBI: YIGE YUANZUZHE DE YIGUO XUNMI

出 品 人　尹昌龙
策划编辑　于志斌
责任编辑　曾韬荔
责任技编　蔡梅琴
装帧设计　得　意

出版发行　海天出版社
地　　址　深圳市彩田南路海天综合大厦（518033）
网　　址　www.htph.com.cn
订购电话　0755–83460293（批发）　　83460397（邮购）
设计制作　深圳市龙墨文化传播有限公司　Tel：0755–83460859
印　　刷　深圳市华信图文印务有限公司
开　　本　787mm×1092mm　1/32
印　　张　6.75
字　　数　100千
版　　次　2013年8月第1版
印　　次　2013年8月第1次
定　　价　29.00元

　　王兰仲，1955 年 11 月生，河北省深县人。15 岁进工厂，做过锅炉工、电焊工。1978 年考入南开大学历史系。1981 年底考取研究生，从著名历史学家刘泽华先生习"阶级关系史"、"政治思想史"。在本科生及研究生期间，于《思想战线》《中国史研究》等刊物发表《重农抑商政策的产生及春秋战国时期私人工商业的作用》《试论春秋时代宗法制与君主制的关系》等论文数篇。1984 年获南开大学历史学硕士学位，遂留校任教。有专著《专制权力与中国社会》（与刘泽华先生、汪茂和先生合著）。1987 年秋赴美探亲，继而弃文史而转学理工，于美国新墨西哥州理工学院获计算机科学硕士学位。先后服务于惠普（HP）及英特尔（Intel），于计算机工程领域（操作系统国际化、微处理器设计 CAD 系统及算法）有专利发明 5 项。曾是世界上第一个集成 10 亿晶体管、世界上第一个集成 20 亿晶体管、世界上第一个集成 30 亿晶体管的大规模集成电路微处理器的设计团队成员。热衷于阅读、写作，欣赏西洋歌剧，喜爱登山、踏雪、远足及自行车运动。

**谨此**献给多年来与我相濡以沫、共同走过这些旅程的爱妻——姜宏丽博士！

# 序

　　王兰仲邀我为他的游记作序,对我这个老翁是一件很惬意的事,他游过的地方我都没有去过,估计今后也未必能去得了。自我解嘲的俗话说,看景不如听景,此时倒认为有点道理,一般人看景多半是走马观花,看看热闹,赏心悦目而已;而说景者大都有精神投入,把景的内在魅力展现出来。所以我跟着他的文字也做了一次神游,能不惬意!

　　兰仲说他的座右铭是"无知无畏",以形容自己鲁莽。其实翻开另一面,我倒认为应该颠倒过来,兰仲的特点是"无畏无知",他从不畏惧无知,敢于向无知挑战,攻克无知!他的经历可以作证。

　　兰仲正当读初中时遇到"文革"狂飙,可怜的少年,因出身资产阶级知识分子家庭,被抛到了边缘,接着是八年的工人生涯。锅炉工是别人不屑于做的,他无畏地站在了锅炉旁;电焊工对人的健康具有破坏力,他却无畏地成为一名正宗出师的焊接工。1978年恢复高考,兰仲无畏地参加到竞争的行列,堂堂正正走进了南开历史系的殿堂,接下来又无畏地考取了研究生。读研究生期间,已在《中国史研究》发表论文，这在当时是很少有的。

研究生毕业后留南开历史系任教，连续发表了几篇文章，令人刮目相待。稍后应我之邀，参加了《专制权力与中国社会》一书撰写，出色完成了承担的任务。1988 年这本书一出版就引起了读者的关注，成为畅销书。其后又出版了香港中华书局版，再后又有天津古籍出版社版，近日又将推出商务印书馆版。此书一版再版，兰仲功不可没！

正当兰仲在历史学猛进之时，他不能不随妻子来美国。他原本学的是日语，面对英语真可谓一片茫然。此时的他已到而立之年，以无畏精神迎接了挑战。更让人不可思议的是，在其后，他无畏地选择了计算机方向，只有初二数理基础的他，硬是通过拼搏，成长为一名出色的工程师，还获得多项专利，这需要何等的无畏精神呀！

在他的无畏面前，无知退避三舍，让出了一条又一条大道！

由于他有娴熟的专业，游刃有余，吃住无忧，闲暇之余，周游天下。多数人意在游山玩水为足。兰仲除此之外，又以心为游，写起了游记。游记最大的一个特点是能纵横捭阖和铺天盖地。刻板的行家是做不来的。而他又无畏地闯进了这个领域，推出了本书。他原本有些中国古代史的积累，现在观察的却是西洋景，神乎？！

他的游记不仅仅是记述风情，更是在宣示一种历史认识。一切历史学都应视为一种认识，而认识是有个性的。兰仲的个性在哪里？每个读者会有自己的感受，这里我说自己的读后感。总的感觉是，他在进入知天命之年后开始再次探索历史之"命"。

把规律泛化和规律崇拜，是我们这一代人的通病，兰仲也多少受到影响。我想引兰仲的来信看看他的反思：

什么都是规律造成的，我怎么听怎么感觉它像古代的天命观。学生近年来总是感到困惑，为什么那么多老一代自由知识分子如吴晗等人，解放前面对国民党的白色恐怖大义凛然，铮铮铁骨，连失去生命都不怕。然而解放后却完全失去了知识分子的独立人格，甘心情愿地进行自我思想改造，但最后还是遭到了迫害。学生在想，这些悲剧人物的存在是否与受"历史规律"的毒害有关呢？他们是不是觉得"我们跟着历史潮流走，不要站在历史规律的对立面"？我认为这种历史规律论是很蹩脚的，和埃及人、商代人的天命观相近，甚至比周人的天命观还要落后。因为周人至少还是相信"天视自我民视，天听自我民听"的。

其实，哪有那么多规律呀？在大千世界，在历史长河中，真的有太多的偶然性了。一场雨少下或多下了两英寸，就可能使历史进程改变；一个大人物一念之差就可能导致整个民族的灾难。当年秦始皇修长城不就是因为他听信了"亡秦者胡"的鬼话吗？！我相信今天美国的政治体制的出现，实际上是一个历史的偶然。华盛顿在领导北美独立战争胜利后，全国舆论都要求他当终身总统。但这个人毫无权力欲，只干了两届就挂冠而去了。我怀疑如果当时换了一位"老子打天下就得坐天下"的人在那里，今天的美国政治体系会不会在这儿。当年在啤酒馆政变中希特勒如果被警察当场击毙，也许纳粹就不会统治德国，进而造成世界灾难。

在我们的传统学院派史学中，已经看不到人了：只有一个看不见、摸不着的历史规律像轮子一样在那里转呀转，所有的人都成了轮子上一颗颗永不生锈的螺丝钉。别的不说，这种苍白、枯燥的书写出来谁去读？司马迁就不是这样做学问的。你看那个拿着儒生帽子往里撒尿，粗鲁地声称"你爸爸我骑马打下的天下，要诗书做甚"的刘邦，那个性格单纯，一身傲骨，"不肯过江东"的项羽是多么的栩栩如生啊！太子丹在易水之上为荆轲送行，高渐离击筑，荆轲和而歌："风萧萧兮易水寒，壮士一去兮不复还！"我好像都能看到当时的场面！每次读史至此，那道"就车而去，终已不顾"的身影总是让我热泪盈眶！试问今天哪一部史书能有这样的魅力？

兰仲上边说的可称之为规律拜物教，这是很可怕的！多少人都是因违背规律遭惩处，甚至牺牲；有些人即使进行了撕心裂肺的反悔也难获得饶恕，比如吴晗就有长篇的自我检查，但仍不能赎救；违背了教规，留下的只有死路一条！

我们要从规律拜物教中走出来。我想规律还是有的，既然人是大自然的组成部分，大自然有规律，人也应有规律，社会也应有规律。规律固然是客观的，但它本身无语，要人来叙说，要由文字来表达，一旦由人来描述，它就不能不归入认识范畴。作为一种认识，其中有可能或多或少反映一部分实际，但作为认识又有个人主观的因素。这样一来就麻烦了，主观的判断只有个人的性质，你可以这样判断，我可以那样判断，孰是孰非，常常不是短时间能说清楚的，甚至在很长时间内都很难断定。所以规律是一个非常缠人的问题，真可谓剪不断，理还乱！有人会说，如果是社会多数人认可的，可能就离规律不远，然而不能忽视的是，真理常常在少数人或特定人的手中。有人说集体决定和通过的就可以视为正确，其实这种说法也同样靠不住。道理很简单，集体通过的只不过是集体一时形成的一种认识，其实，集体的认识多半是个人认识的一种转化形式。作为认识的本身与个人的认识并没有什么差别。

如果把规律首先置入认识范畴，那么作为一种认识，人人有权利进行论说。反顾历史，我们的问题不是要不要说规律问题，而是把个人认定的规律泛化、行政化、制度化、铁血化。

　　所谓泛化，就是常常不管是什么，都上升为规律，作为个人认识这也无所谓，问题在于接踵而来的是凭借权力行政化；行政化如果有适当的范围和留有余地进行试验也固无不可，问题是接踵而来的是一呼隆地普遍地制度化，而更要命的是用铁血手段强制人人无条件地服从。比如公社化、大锅饭等等就是如此。当时不是没有人提出异议和反对，但都以违背规律受到不同程度的惩处，乃至付出生命。民间作为历史题目进行研究也很难，不能去议论、去反思。是不是那种规律拜物教还在发挥余威？

　　什么是规律？作为认识，我想还是应该敞开言路，让人们进行研究为宜。对种种规律说，行政人员遵照一定程序在其权力范围内有权进行选择，但条件之一是不能杜绝其他说；选择的某种规律说可以作为行政的参照，但不能对历史进程进行全方位的规定和限定。理论的逻辑或许头头是道，但历史进程不可能是逻辑的展现。如把某种理论逻辑视为历史的唯一蓝图，这与天命论就没有什么差别了，只能是一种神秘主义和僵死的教条主义，在汹涌的历史面前终究有一天会垮塌和爆裂！

　　兰仲的游记可谓游记史学，我们同他一起漫游与回味历史吧，既可开阔眼界，还会带来启发，如果能给读者留下一堆问题，那将是最大的快事！

刘泽华

# 目　录

巴黎一瞥 …………………………………001

"地狱之门" …………………………………025

诺曼底 …………………………………043

凡尔赛和我眼中的法国大革命 …………………058

拿破仑纪念堂 …………………………………093

拉雪兹墓地 …………………………………119

柏林印象 …………………………………137

"无知才能无畏" …………………………………165

葛底斯堡行 …………………………………173

父亲是一位教师 …………………………………190

目 录

# 巴黎一瞥

　　我和妻子结婚 25 周年的纪念日就要到了，做什么事情来庆祝一下呢？我们不约而同地想到：去欧洲！我们早就有到法国和德国走走的想法。法国的巴黎，是文化之都，是浪漫之都。上学时，我和妻子都喜欢外国文学，而回想起当年读过的作品，如雨果的《悲惨世界》《巴黎圣母院》《九三年》，巴尔扎克的《人间喜剧》，大仲马的《三个火枪手》《基督山伯爵》，小仲马的《茶花女》等等，都是法国作家的作品。而德国呢，由于我一直对二战史感兴趣，期望获得更多关于二战的感性认识，那就不能不访问德国。这样的想法虽然存在很久了，但一直担心语言不通，迟迟没有付诸行动。后来我们咨询了一些去过法德两国的朋友，都说其实会英语在大城市不会有什么问题。妻子的一位德国同事甚至还开玩笑说，在德国，你只需会说一句德语"请给我一杯啤酒"就足够了。我们有了勇气，开始为自由行搜集资料。从图书馆找到了一大摞介绍法德两国的书籍，在网上找便宜的机票、火车票，定旅店，还煞有介事地学习了几句法德两国的问候语……经过两个月紧张而兴奋的准备，9月5号，就在我们的结婚纪念日，我们终于来到了巴黎。

入住巴黎的旅店后，我们便到附近的"La Terrasse Du 7eme"吃晚餐。欧洲旅行家 Rick Steve 强力推荐"La Terrasse Du 7eme"餐厅，它的法国蜗牛和鹅肝酱都做得很好。然而它最大的特点是酒店的布局：餐厅坐落在靠近埃菲尔塔附近的一个街角，大厅内的椅子都

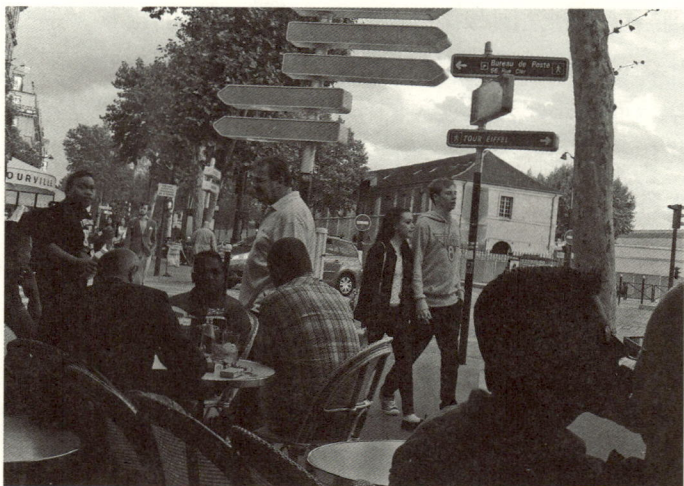

巴黎街头

面向街道摆放，像一个剧场。大幕拉开，透过餐厅的落地窗，我们面前呈现出了巴黎生活、文化精彩的一幕幕。

我们在巴黎共住了 9 天。穿梭于这座城市的大街小巷，香榭丽舍大道、蓬皮杜广场、蒙玛特高地、塞纳河两岸，全都留下了我们的足迹。在巴黎的后几天，我们与住所附近的面包房、奶酪店，以及熟食店的主人们都熟识了起来。熟食店的主人还教我们简单的法语（他们大概见到的东方人面孔不多，见到这么爱吃的东方人就更少了）。所以我们至少可以算是"下马看花"了。

## 传统的巴黎及自由的巴黎人

巴黎是从塞纳河上的一个船形小岛上起源的。公元前 3 世纪，塞尔泰斯族的一个部落就生活在这里。公元前 52 年，凯撒大帝征服了卢泰迪亚，便在塞纳河的左岸建立了城堡。巴黎从那个时代开始就成了重要的经济、政治、艺术都市。在中世纪及文艺复兴时期，巴黎也是北欧宗教及文化中心。19 世纪中叶，现代巴黎城市渐具雏形。而如今的巴黎则更是成为了整个欧盟的心脏。

现代巴黎方圆 20 多平方公里。以塞纳河为界，可以分为两大部分：河南边被称为左岸（Left Bank），河北边被称为右岸（Right Bank）。巴黎的公共交通非常便捷，比自己开车或乘出租车要便利得多。特别是地铁，在城市的任何角落，你只需步行 10 分钟，便可找到一个地铁站。地铁自然不会堵车，也不受红绿灯影响，而且非常频繁。在上下班时段，每两三分钟就有一趟地铁到达。当然，如果你要沿途看街景的话，最好还是坐公共汽车。从埃菲尔塔到拉雪兹墓地的 69 路公共汽车就是非常好的观光路线。我建议如果在星期三及以前到巴黎，最好买在地铁、公共汽车及轻型铁路上可通用一周的通票；但如果在星期四以后到达的话，则还是买十张一套的票为好。

法国民族是非常自豪的民族。巴黎人认为他们的生活方式是最好的生活方式，他们的语言是最优美的语言；他们的文学、艺术、建筑、葡萄酒，甚至法国菜，都是世界上最好的；而巴黎的服装更是永远领导着世界时尚的新潮流。美国一位很有名的旅行专家告诫自以为是的美国人说，欧洲人（法国人）并没有所谓的美国梦（American Dream），他们有自己的梦想："他们并不觉得美国是最好的地方，也没有打算拥有美国护照。"

在巴黎，给我留下深刻印象的是，法国人很注意对传统的保护。你如果站在凯旋门上，或埃菲尔塔顶上四周看去，你不会看到"鸟巢"、"鸟蛋"和"大裤衩子"，也不会看到在灰蒙蒙的空中林立的高楼大厦。漫步香榭丽舍大道，走在有几百年历史的青石路上，你可以感觉到历史的厚重。法国人不会有几个钱就烧得赶紧问人家"拆哪"，把自己珍贵的传统建筑毁掉，再把一片片废墟变成各国建筑师的试验田。巴黎的传统建筑很有特色，与我们熟悉的四平八稳、中正协调的东方建筑不尽相同。我想搞建筑的朋友们如果有机会应该到巴黎看一看。

在凯旋门上鸟瞰巴黎市区

　　巴黎人对待工作和生活的态度与美国人不太一样。在美国学习、工作、生活了20多年，我们感到世界上大概没有多少民族比美国人工作更努力了（日本人也许是一个例外）。与美国人相比，法国人的节奏要慢得多。中午在路边咖啡店、餐厅门外椅子上坐着的人们，大多数并不是外国游客，而是巴黎人。他们的桌子上摆着一杯红酒，或咖啡，优雅地拿起杯子抿一口，扫视着过往的行人，和同伴平静地交谈着。你看不到美国人午饭时的那种匆忙。我并不是说巴黎人不重视他们的工作。恰恰相反，我觉得和我们南邻的墨西哥人"阿米苟"们不同，所有我们接触到的正在工作的巴黎人都清楚地知道自己在干什么，而且也是今日事今日毕的。他们完成工作靠的是效率，而不是拼命。如果能用八分力完成的工作，绝不用十分力；不像美国人，本来十分力能完成的工作，要用十二分力。巴黎人重视自己的工作，但工作只是他们生活的一部分，而不是生活的全部。他们热爱生活，也享受生活。

巴黎人非常自由，我行我素，从不在乎别人怎么看待自己。在公共汽车上，两个正在热恋的年轻人旁若无人地亲吻。少见多怪的我们在旁边都觉得有点难为情，眼睛望向别处；但其他的法国人很平静地看着他们，似乎这是再普通不过的事情。他们群体意识不强，亦不盲从，什么也不"一窝蜂"。你在巴黎永远看不到一说街上流行红裙子，马上就全城一片红的现象。在巴黎，几乎任何一件事，一个新建筑，一个艺术品，都不会得到所有人的拥护或反对。贝聿铭所设计的卢浮宫前的玻璃金字塔就是一例：虽然绝大多数的游客，甚至包括很多法国人都喜爱它；但确乎也有很多巴黎人憎恨它，认为它是插在巴黎心脏的一把尖刀。

法国人干什么都寻求适度，甚至包括吃。在巴

卢浮宫前的玻璃金字塔

黎，看着苗条的巴黎姑娘，我们感到困惑：她们从红酒、黄油做的甜点、面包、奶酪，到巧克力、冰激凌，可是什么都吃啊！她们怎么就不胖呢？当我们快离开法国的时候，妻子宣称"地雷的秘密"已经被她找到了：不是"不见鬼子不挂弦"，而是一个词"Moderation"。她们虽然什么都吃，但却吃得很少。看法国人用的小咖啡杯子，和我们喝高度白酒的杯子大小差不多。其实法国人的这种生活态度和我们古老的东方哲学是相通的：过犹不及嘛。即便是好东西，如果太多了，也就不好了。

　　法国社会非常宽容。在巴黎的日子里，我们无数次地流连于塞纳河边那些书摊。在少女裸体素描的旁边，就陈列着古巴革命者的象征——切·格瓦拉的画像。我甚至在这里看到了法文版的《资本论》！这不禁令我感慨系之，也想到了在如今传承着马克思主义的大地上生活的人民……

看到身边的这些巴黎人，我一点也不奇怪这里孕育出伏尔泰、卢梭这样伟大的思想家；孕育出雨果、巴尔扎克、大仲马、小仲马这样的文学大师；孕育出莫奈、雷若阿、凡·高、毕加索这样的艺术巨擘。而这样的大师，在只能作遵命文学，当御用学者、御用乐师的环境中，恐怕是产生不出来的。

巴黎人很自由地表达政治观点，甚至对政府的不满。在巴黎的 9 天中，我们至少遇到了两次政治集会，其中一次就在著名的嘎尼耶歌剧院（Opera Garnier）前面。我们听不懂他们在抗议什么，但还能依稀辨认出法国总统萨科齐的名字。而从抗议者的表情可以看出，他们绝对不是来歌颂、赞扬总统的。然而，周围的警察们只是熟视无睹地站在旁边，听任这些示威者大声谴责总统。上大学之前，我在天津第一石油化工厂当学徒时，曾经烧过一年的锅炉。锅炉有一个重要部件叫安全阀。如果锅炉内压力太大，安全阀就会自动启动，尖叫着排出蒸汽。一年中我听到安全阀响过三次。安全阀响起来的确不好听，几里地外都能听到。但是，它降低了锅炉内的压力，从而也降低了锅炉爆炸的可能。民怨其实就如锅炉内的蒸汽，允许民众把怨气发出来，对社会稳定，甚至对统治者都绝对没有坏处。周代最后一个天子周厉王是一个听不得不同意见的人。国人对他的政策不满，口出怨言。召公告诉厉王："民不堪命矣。"厉王不但不听，反倒派出特务部队（卫巫）去监视国人，谁发怨言就杀了谁。这么一来，"国人莫敢言，道路以目。"厉王高兴了，洋洋自得地告诉召公："吾能弭谤矣。"召公对之不以为然，说这不是民众没有意见了，只是你不让他们说罢了。召公讲："民之有口也，犹土之有山川也……夫民虑之于心，而宣之于口，成而行之，胡可壅也？若壅其口，其与能几何？"厉王不听。三年之后，国人起来反抗，把厉王赶到彘去了。《国语》由是为历代统治者留下千古警句："防民之口，甚于防川。"

## 去教堂

在巴黎，我们访问了几座教堂。从巴黎圣母院、圣礼拜堂，到小说《达·芬奇密码》中提到的圣叙尔皮斯教堂。父亲曾经告诉我，不去欧洲的教堂，你很难领会中世纪教会的势力有多大。到西方 20 多年了，我们始终没能信教。我们确实也去过教堂若干次，听过一些布道，而且我对虔诚的基督徒充满了尊重之情。然而，每当我读到那些歌颂上帝、基督的颂歌歌词时，就感到浑身都不得劲，不由自主地想起"文革"中咏唱的那些红歌。"曾经沧海难为水"，在那一片红海洋的狂热中幸存下来的我，实在是很难再去虔诚地信奉另一位至高无上的主了。我们访问教堂主要是去欣赏音乐的。我们喜爱唱诗班，特别是童声唱诗班的无伴奏合唱，如果你不去专注歌词，那天真无邪的孩子们的优美的声乐，仿佛把你带到了一个神圣的境界，美极了！虽然圣叙尔皮斯教堂因为《达·芬奇密码》一书的原因，得到很多游客，特别是美国游客的青睐，我们却主要是来聆听周日的风琴演出的。这里的风琴是世界上最大、最古老的风琴之一，有 7000 多个风琴管。在圣叙尔皮斯教堂的历史上，一共有过 12 名有名望的音乐总监。这些音乐总监每周日都在这里弹奏风琴。现任的音乐总监是著名的音乐家 Daniel Roth。从 10:30~11:30 的弥撒，到 25 分钟的风琴独奏之后，12 点整，在教堂正门左侧有一扇小门打开了。来开门的是一位和蔼可亲的老年妇女（后来得知，她是音乐总监的夫人）。来访者可以排队顺着狭窄的旋转楼梯，走上顶端去参观巨大的风琴管，并与风琴的演奏者见面。非常幸运的是，我们访问的那天是 Roth 先生本人而不是他的学生演奏。也许很少有东方人访问这里，Roth 先生还专门和我们做了简短的交谈。他问我们从哪里来的，而我们则感谢他为我们演奏了那么美丽的音乐。因为上边地方很小，只能容下两三个人，后面还有很多人在耐心等待（每天只有一小时的对外开放时间），我们只好恋恋不舍地离开了。

巴黎圣母院恐怕是到巴黎不可不去的地方了。这

Roth 先生在介绍他演奏用的风琴

座建筑外面的墙上有很多雕塑，这些雕塑描述着宗教史
上的很多故事。我们看到在入口处的左侧圣徒像中，有
一位手中擎着自己头颅的圣徒。这位圣徒是 4 世纪罗马
时代巴黎地区天主教丹尼斯主教。那个时候新兴的基督
教被罗马统治者认为是邪教，所以丹尼斯被判处死刑。
然而奇迹发生了。当丹尼斯的头被砍下后，他拾起他的
头，继续往北走，一直走到蒙玛特尔高地的顶上，才最
后死去。巴黎人被这一奇迹所震撼，基督教义于是席卷
巴黎，取代了古罗马的宗教。而丹尼斯也因此被封圣。
一直到今天，任何一位要被封圣的圣徒，总要有两件可
证明的奇迹才可。这已成为天主教的一个传统和制度。
大凡一个宗教（特别是在创教初期）总是需要这类奇迹

去感化、吸引天下芸芸众生去相信他们的。而如今不是也流传着大师发功，信徒的病就能痊愈；或是唱了210天的红歌，便把成为植物人的丈夫给唱活了的奇迹吗？我不知道这些奇迹是怎么发生的，或是不是真的发生了。但是我知道靠这些奇迹已很难让我去信仰一种宗教了。

巴黎圣母院的圣丹尼斯雕塑

## 巴黎的歌剧院

记得好像是在哪一部电影中男主角曾对女主角讲：对于歌剧，你或者是爱，或者是恨（You either love it or hate it），很少在中间。我想我和妻子大概是属于热爱歌剧的群体。小时候我对歌剧好像并不感兴趣。上世纪 60 年代中国第一位女指挥家郑晓瑛率中央歌剧院来津演出《蝴蝶夫人》，由李光羲、罗欣祖领衔主演。母亲问我去不去看，我坚决不去。我那时更热衷于和我的同龄伙伴们玩"踢罐电报"呢！然而今天，我成了西洋歌剧的爱好者。在丹佛歌剧院看威尔第的《茶花女》，第四幕那震撼人心的悲剧情节，男女主角声情并茂的咏叹调重唱（duet）竟令我泪流满面！演出结束，灯亮起后，我有些难为情。妻子倒是认为没什么：眼泪是对威尔第不朽艺术及音乐家投入演出的肯定。确实，我们往往太顾及自己在别人眼中的形象，这是很累的。放松一点，该哭就哭，该笑就笑，也许生活要轻松得多。这些年来我们持有丹佛歌剧院的季票。而且，去各地旅游，我们总是尽可能访问那里的歌剧院。在标志着西洋歌剧世界最高水平的纽约大都会歌剧院，我们先后看了威尔第的《阿伊达》、普契尼的《蝴蝶夫人》、莫扎特的《费加罗的婚礼》及葛塔诺 • 多尼采蒂（Gaetano Donizetti）的《拉美莫尔的露琪亚》（*Lucia di Lammermoor*）。其中《拉美莫尔的露琪亚》还是由著名音乐家詹姆斯 • 莱文（James Levine）导演并亲自指挥的！在伦敦的英国皇家歌剧院（Covent Garden），我们看了威尔第的著名五幕歌剧《堂 • 卡罗》，听了一场葛塔诺 • 多尼采蒂的《村女琳达》（*Linda di Chamounix*）音乐演出。在旧金山歌剧院，因为票卖光了，我们只能买站票，腰酸背痛地站了几个小时观看柴可夫斯基的《叶浦盖尼·奥涅金》(*Eugene Onegin*)！

在来巴黎之前，妻子提前做了调研，发现我们在巴黎期间，那里还真有歌剧演出！所以到巴黎的第一天，从埃菲尔塔下来后，我们就直奔歌剧院买票。顺便说一句，如果身体允许，登旅游巴黎必到的埃菲尔塔，最好从左侧的进口自己走上去。这比排队坐电梯上去至少节约三个小时的时间。

巴黎一共有两座举世闻名的歌剧院。一座是由已故前总统密特朗在任时修建的巴士底歌剧院(Opera Bastille)。巴士底歌剧院是在法国革命的发祥地，被攻克的巴士底狱旧址上建立起来的。密特朗总统的理想就是要在这里建起一座世界水平的、"人民的"歌剧院。巴士底歌剧院绝对可以算作一流的现代艺术建筑，但是作为"人民的"歌剧院，我不知道"人民性"究竟有多少。因为票价还是很昂贵的，我怀疑下层人民中会有多少人肯花这么多钱来这个"人民歌剧院"听歌剧。据说在开演前15分钟，歌剧院会以极低的价格把未售出的票卖给学生及65岁以上的老人。我们两者都不符合，所以只能老老实实地刷卡！在巴士底歌剧院我们观赏了王尔德的《莎乐美》。一般来说，作为歌剧题材，与喜剧相比较，我更喜爱悲剧。但是当你看着莎乐美手捧约翰血淋淋的人头引颈高歌时，我无论如何也感受不到威尔第或普契尼作品的那种悲剧美，也无法和主人翁建立起那种心灵上的沟通。当然音乐家们的水平还是很高的。

巴黎的另一座歌剧院是巴黎最老的、最美丽的歌剧院嘎尼耶歌剧院。嘎尼耶歌剧院本身就是一件巴黎建筑的瑰宝，与埃菲尔塔、凯旋门一起可以被看成是巴黎的象征。嘎尼耶歌剧院的设计师查尔斯·嘎尼耶（Charles Garnier）是一位天才的浪漫主义建筑艺术家。1860年，他的设计从171个设计竞争中脱颖而出，成为波拿巴特第二皇朝，拿破仑三世伟大歌剧院的蓝图。这一年他只有35岁。他的设计应该是当时最先进的工程技术与古老的文艺复兴建筑格调的完美结合！比如，那豪华的旋转台阶如果不是在设计中采用了当时最先进的钢铁结构框架，是绝对承受不了这些大理石的重量的。

嘎尼耶歌剧院占地三英亩，七层高（三层在地下），至今还是世界上最大的歌剧院。虽然它仅有2156个座位（米兰著名的斯卡拉歌剧院有3500个座位），但多层马蹄型的剧场实际上只占据了歌剧院的一小部分。比如，175英尺宽、150英尺深的舞台本身就占据了更大的面积。剧院共有八间主要演员化妆室，而另外八间一般演员合用的大化妆室可容纳200人同时进行化妆。歌剧院的下面是一个小湖，著名百老汇剧作家韦伯（Andrew Lloyd Webber）所作《歌剧魅影》（*The*

兰仲留影于嘎尼耶歌剧院

*Phantom Of The Opera*）就是以嘎尼耶歌剧院为背景展开了那美丽动人的故事情节：当你看到男主角用小舟载着女主角划向他所住的密室，其实并不是凭空杜撰出来的！一直到今天，每隔数年，下面的湖水就被降低，工程师则可以坐着小船检查歌剧院的地基。整个歌剧院共有 2500 多扇门，消防队员需要两个小时才能完成全部检查。

1861 年工程开始，断断续续花费了 4700 万法郎，15 年的时间才建成。中间停工最长的是 1870 年普法战争。在紧接着的巴黎公社期间，尚未完工的剧院成了仓库。拿破仑三世发誓要把这一剧院建成世界第一剧院。然而当嘎尼耶歌剧院最后建成，1875 年 1 月 5 号剧院

兰仲夫妇摄于歌剧开演之前

正式开幕，全欧洲从西班牙国王、王后，到伦敦市长，几乎所有有头有脸的人都来了，但贵宾中却没有拿破仑三世。他在普法战争失败后，已经流亡到英国去了。流连于金碧辉煌的嘎尼耶歌剧院中，我们感到人们来这里并不是简简单单看歌剧，这里实在又是巴黎人一个重要的社会交际场所。

在嘎尼耶歌剧院上演的是莫扎特的《狄托的仁慈》（ *La Clemence De Titus* ）。我们发现价钱适中的票已全部售出，剩下的只有两种票：150欧元一张的好票，10欧元一张看不到舞台的最差的票。经过一番思想斗争，我们最后买了10欧元一张的差票。我们的理论是，你去参观嘎尼耶歌剧院也得要9欧元。再加1欧

《狄托的仁慈》主要演员在谢幕

元，你参观了剧院，还听了歌剧。来到我们的座位，立刻就意识到我们的这一决定有多正确。我们的座位是在二楼左侧的包厢里，在第三排。这大概是为大人物的随从或保镖准备的吧。如果坐着，你的确很难看到舞台上的表演；但如果你站起来的话，你可以看得很清楚。因为这里离舞台太近了！我们就在指挥的侧面，你甚至可以看清楚指挥的面部表情。我们十几年来看歌剧，从来没有这么近距离看过演出。到今天我才意识到为什么歌剧的指挥又被称为音乐总监或导演（Music Director）。我发现指挥并不是光指挥乐队，而是无声地与演员一起唱每一段咏叹调。随着剧情的变化，他的脸上呈现出喜怒哀乐不同的表情，用手势，也在用他全部感情，调动演员们投入到剧情中去！

应该说在巴黎欣赏歌剧，绝对是此次旅行中的亮点之一。

## 在巴黎遇到的中国人

在巴黎的日子里，我们遇到了很多来旅游的中国人，比在美国遇到的多得多。在蒙玛特尔高地，我们听到一位女士大声召唤："现在自由行动。一个半小时后，在这里集合。"我们住的旅馆离埃菲尔塔很近，所以傍晚时，我们经常到塞纳河畔散步。我们看到一群群国人在等待上游船进餐。那些游艇餐厅的价格并不便宜，一个人 65 欧元，在船上吃一顿饭，在塞纳河上航行一两个小时。让我们吃惊的是，在招揽顾客的霓虹灯广告中，我们竟看到有中文显示。

在卢浮宫入口处，我估算周围至少有 10% 的人是中国人。一般来说中国人还是很容易被认出来的。男士们一般都穿着深色西服，打着领带，穿着皮鞋，人手一个高级理光数码照相机；而女士们则一人一个 LV 包。我们的同胞还是很爱在公共场合大声喧哗。在卢浮宫文艺复兴展厅，我们看到一位女士大呼小叫："李书记，李书记……"我侧目看去，那位被尊为"李书记"的男士洋洋自得地环视着周围，在一帮人前呼后拥下向出口处走去。我不能不无奈地承认，他们确实是我的同胞……

更让人惊奇的是，我们在香榭丽舍大道漫步，路过 LV 品牌旗舰总店时，居然被国人拦住，央求我们进店为其再买两个包。因为此君已经买了五个包了，店里不再多卖，便请我们再帮着买俩。"你买那么多包熬着吃呀？"我只有叹气。

其实一个 LV 包未必一定能让一只丑小鸭变成天鹅。在巴黎，我有幸近距离观察了很多法国女孩子。我感到她们比我们的很多女同胞更懂得如何对美进行诠释。你看她，一头浅黄色的秀发随意在头顶上盘个发卷，脸上似有似无地化着一点淡妆，长长的脖颈上扎上一条轻纱，合体的衣装衬托着那凸凹有致的身材……走进地铁车厢，她旁若无人地打开一本书静静地阅读起来。到站了，她抬眼朝你微微一笑，轻声说一句"借光"，然后合上书从你身边挤过，迈出了车厢。她那优雅、富有弹性的步伐透着自信和活力！在这样一个整体形象中，一个小 LV 包（或者任何一个有名没名的小包）背在她身上看着那么和谐、自然：那个包包，只是整体美的一部分。我个人认为，法国的姑娘本身就是巴黎街头一道美丽的风景线！相反虽然你手上挎着 LV 包，但弯腰、驼背、屈腿，还硬穿着 Lady Gaga 那样的高跟鞋，再配上一个从不会笑的"朝鲜冷面"（尤其是遇到自己同胞的时候）！这么一个整体形象，你就是把全身都挂满了 LV 包，恐怕也美不到哪里去。看来，我们的审美观念还是有很大改进余地的。

## 吃在巴黎

和我们中国的文化很像，吃，在法国是生活中非常重要的一部分。有人开玩笑说广东人吃除了桌子以外所有四条腿的东西。巴黎人虽然赶不上广东人，但确实吃很多别的民族不敢吃的东西。有一次我们在餐馆进餐的时候，邻桌的一对来自爱尔兰的夫妇和我们闲聊起来，钦佩我们真勇敢，敢吃法国蜗牛。妻子问他们吃过鲜贝没有，说蜗牛和鲜贝也差不了太多。我想大概鲜贝上桌的时候已经没有壳了，但蜗牛却是一个个带着壳，原封不动地端上来的，所以其他国家来的人不太习惯吧。

"老佛爷"商场

　　在巴黎，人们通常从容地坐在路边餐桌旁吃晚餐。你可以在餐厅里坐一个晚上，这里的侍者也从来不催你。因为不懂法语，我们点菜的能力大大地打了折扣，而我们又不喜欢去专门为外国游客开的餐馆，所以我们更喜欢到比较好的熟食店用手势看菜点菜。这样既能买到自己喜欢的食品，又自由自在。我们通常是到面包房去买上一根新出炉的棍子面包（Baguette），到奶酪店买从软到硬的几种不同的奶酪，到熟食店买火腿、香肠，还有最好吃的鹅肝酱，再来一瓶波尔多（Bordeaux）红葡萄酒。白天的时候可以像巴黎人一样，坐在城市花园的绿地草坪上野餐，晚上可以带着食品回旅店慢慢享受。法国的红葡萄酒在全世界都是有名的。巴黎的葡萄酒物美价廉，一杯红酒有时竟比一杯可乐还要便宜！在巴黎9天，我们一共喝了六瓶半红酒，都快成老酒鬼了，而回美以后再喝葡萄酒，即使是价钱高出两三倍，感觉还是不如在巴黎喝的好。

　　在巴黎停留的最后一日，我们漫步在巴黎街头，无意中来到了巴黎著名的"老佛爷"（Galeries Lafayette）高级商场。"老佛爷"商场每天吸引着成千上万的游客。据说来这里的游客数目仅次于卢浮宫。大拱形的顶子，六层楼梯拥抱在大楼的周边。在每一层楼梯上都可以纵观楼内全景以及熙熙攘攘的人群。这里高级名牌产品应有尽有。我们的兴趣却在食品品尝部。整整一层楼全是各种精致的食品，巧克力、杏仁小甜饼（Macoron）、奶酪、面包、鱼子酱、日本寿司、烤牛肉，琳琅满目。我们的注意力被一位正在切火腿片的厨师所吸引。一条猪腿挂在那里，他用一把锋利的刀一片片地把火腿手工切下来，直接端给柜台旁的顾客。这种火腿是很有名的，我们在美时就读过关于它的介绍。它是由西班牙的伊丽比亚黑猪肉制作的。这种猪生活在森林中，吃橡果长大，生长非常缓慢。所以用它制成的火腿价格也昂贵（237 欧元 1 公斤）。我们买了 200 克，坐在"老佛爷"商场旁边的巴黎歌剧院的高台阶上，津津有味地吃着，看着来来往往的行人和坐在我们周围的游客，无忧无虑。妻子感叹："天堂也不过如此吧！"

# "地狱之门"

　　我坐在罗丹未完成的巨作《地狱之门》前面，妻子静静地坐在我旁边。游人来了一批，照照相，走了一批；又来了一批，照照相，又走了一批。我们已经在这里坐了很长时间了。半个小时？一个小时？也许更长。我仰望着坐在地狱门口的但丁（"思想者"），我也在思索着……

　　家父在"文革"结束以后，受学校的委托，在南开创建了全国高校第一个博物馆学专业。我在学期间，也选修了一些博物馆学方面的课程。这么多年来，不管到哪里，我和妻子都要访问那里的博物馆。在伦敦，我们访问了大英博物馆及英国国家美术馆；在华盛顿我们访问了美国国家美术馆；在洛杉矶，我们倒几次公共汽车去盖蒂（Getty）博物馆。我们觉得访问博物馆，不但能从紧张的工作中放松下来，更能开阔眼界，丰富精神

罗丹艺术博物馆花园

食粮，学到很多新的东西。

　　巴黎有着世界上最好的博物馆。我们提前读巴黎旅游指南，买了四天的博物馆通行证。买博物馆通行证在经济上对我们这样准备访问很多博物馆的人来说，是很划算的。但我们买通行证，还不完全是从经济上考虑的。欧洲旅行专家 Rick Steve 讲，在巴黎只有两种访问博物馆的：一种是（像我们这样）拿着通行证的，一种是排队等着买门票的。在凯旋门，在很多博物馆门前，我们绕过排队买票的队伍，走到前面一亮通行证就进去了。这些天不知节省了我们多少时间！而我觉得用博物馆通行证的最大好处是，可以多次出入。看博物馆是会产生审美疲劳的：看过太多的好东西，你会熟视无睹。

而当你晚上读一下博物馆拿回的材料，往往意识到有些好展品被你漏掉了，或者虽然看了，但忽略了很多重要细节。如果买门票，大多数人不会再花钱去看。但有通行证就不一样了，你随时可以再回去。比如卢浮宫我们就去了两次。而第二次的感觉与头一次大不一样。

## 卢浮宫

我们首先访问了卢浮宫。卢浮宫不光是世界上最大的博物馆，甚至可以说是全世界博物馆中皇冠上的那颗珍珠。卢浮宫的正门入口是在贝聿铭所设计的玻璃金字塔下面。宫内珍藏着超过3万件价值连城的文物、艺术品。而镇馆之宝的《断臂维纳斯》及达·芬奇的《蒙娜丽莎》更是无价之宝。听我的一个同事讲，他们几年前跟着旅行团去卢浮宫时，导游一进馆就招呼着游客："这边，这边，看维纳斯，那边，那边，看蒙娜丽莎。"照几张相，就催着团队离开。今天我们遇到的一些旅行团，虽然还是像"放羊"似的，但看上去已经没有那么仓促了。当然，我们这样的"自由游"，有幸慢慢悠悠地欣赏这些伟大的艺术品。

维纳斯像是在1820年被发现的。发现以后立即在欧洲引起轰动。我们并不懂得如何鉴赏雕塑，但是当你看到这种和谐的美，不矫揉造作的美，你会发自内心地感叹：太完美了！去之前读了一些介绍，也看过照片，但那只能算是一种感性认识。看过实物以后再读介绍，我感到有必要将专家的解释借来分享。古希腊人认为他们的神是人类的形象，而维纳斯这一雕塑，最好地展示了古希腊宇宙观的平衡、秩序和条理性。如果从中间把维纳斯从头到脚分成两半，你就可以看到这两部分是如何互相保持平衡的了。维纳斯的重心是放在右足上的，而她抬起的左腿和低下的右肩给她的全身赋予动感。在她左膝盖向右的同时，她的脸侧向了左方。从后面看去，她的扭曲的全身呈现出一个巨大的 S 形。她的面孔是现实的，但又不是具体的某一个人。关于维纳斯的两个断臂应该是在干什么，世上有很多的解释。你可以任自己的思维驰骋，我却认为她现在这个样子是最美的。千万不要"狗尾续貂"。

《断臂维纳斯》

　　与《断臂维纳斯》相比，我个人感觉卢浮宫的另一件镇馆之宝达·芬奇的《蒙娜丽莎》让我失望。首先，她的尺寸比我想象的要小得多。为了防止旅客照相损坏（闪光灯），《蒙娜丽莎》今天已被镶在一个玻璃框内。而最让我扫兴的是成百的游客拥挤在画前，使你根本不能静下心来，平静地欣赏这一巨作。蒙娜丽莎最著名的就是她那神秘的微笑。在那一刻，她是高兴的？哀伤的？温柔的？人们说每个人看了以后都会有自己的解读。然而，我却无论如何也建立不起和她的这种联系来了。我们先后去了两次，但总是遇到大群的游客。据说晚上六点以后再去，人就会明显地减少。看来我们只好留待下次了。

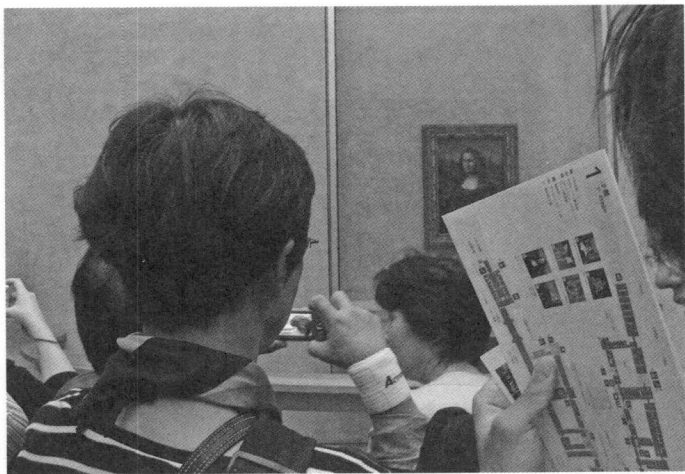

**蒙娜丽莎的画像令我失望**

在卢浮宫，给我留下深刻印象的是一幅 19 世纪初的法国浪漫主义油画《梅杜萨之筏》(*The Raft of the Medusa*)。这幅画实际上是基于 1816 年 "梅杜萨号" 沉船事件的真实故事创作的。船沉以后，幸存者们拥挤在一块救生的舢板上。12 天的时间中，饥渴摧残着人们生存的意志，最后甚至发生了人吃人的事情。150 多人中，只有 15 人生还。这幅画就是抓住了当人们几近绝望时，远处地平线上，一艘小船破浪而来，舢板上的幸存者用尽余力，希望引起来船注意的场景。人们求生的欲望，两世为人的感觉，真的可以让人心碎！

《梅杜萨之筏》

## 印象派油画

从 19 世纪中叶到 20 世纪初，法国是印象派油画的"大本营"，在巴黎你可以看到从莫奈、雷诺阿，到凡·高的最完整的收藏。虽然你在很多的博物馆都可以看到印象派的作品，但我建议你一定要访问两座博物馆，奥赛（Orsay）和橘子园（Orangerie）。印象派画家的座右铭就是："走出画室，走进大自然"。他们走进乡村，走向河流，走上山坡。他们所画的是普通人，是自然风景。最初他们的作品是不被正统的专家所认可的。专家们认为这些都是些小儿科的把戏。印象派艺术家不为这些正统的学院派的批评所左右，继续走自己的路。1874 年，他们开了自己的画展，逐渐地被公众所接受。我和妻子从来看不懂，也喜欢不起来毕加索以降的现代派作品，但对印象派油画则是情有独钟。而在印象派的画家中，莫奈和雷诺阿又是我们的最爱。在奥赛，我们看到那么多的原作。其中雷诺阿的一幅少女图，从上世纪 80 年代在家里的一页年历上第一次看到就非常喜欢，今天终于看到了真迹！唯一让我感到遗憾（同时也是可以理解）的是，奥赛不让照相。

橘子园的下层几乎可以看成是莫奈的画廊。这里展示着他一系列 6 英尺高的巨幅画卷《睡莲》。就像贝多芬在失聪之后创作了不朽的第九交响乐《欢乐颂》一样，莫奈是在近乎失明的人生最后年月里，在他与白内障的斗争中，完成了这一不朽的系列巨作。他采用了古希腊哲学中构成生命的四种基本元素：土地、空气（天空）、火（阳光）和水去创作他的睡莲。从日出之前，到夕阳西下，他在一天中不同时间、不同光线、不同映射的环境下，同时在几幅画上工作。莫奈总共画了8幅、1950平方英尺的画面的睡莲系列，而在这之前，莫奈一生也没画过这么大的作品。这些珍宝今天就悬挂在橘子园的专门的椭圆形的展厅中。看着这些巨幅画卷，我的眼前浮现出了一位年迈的、已经风烛残年的、即将失明的老人。他已经意识到自己时光无多，但他顽强地与时间赛跑，要在整个黑暗到来之前，把只有他才能看到、才能领略的美留在人间。他一天工作十几个小时，

我们在欣赏莫奈的《睡莲》

用他的全部身心和生命与我们交流。他是用他那可以从
平凡中发现美的眼睛和热爱美的心灵，与我们作最后的
诀别……这个人不是一个为粮米谋的画匠，他是一个真
正的艺术家！

**雨果旧居纪念馆**

我们来到了雨果曾经在巴黎居住过的旧居访问。

雨果曾经在巴黎居住过的旧居

维克多·雨果（1802-1885）是19世纪法国，
也是欧洲最伟大的文学家。我一向都非常喜欢雨果的
作品。实际上，并不是历史学家的书，而是小说《九三
年》使我对法国大革命，甚至对广义的革命开始反思，
并有了不同的认识。《悲惨世界》是雨果最著名的文学

作品，而它对我的影响也非常巨大。似乎一直到年纪很大了，我在做噩梦时，还会梦到不是冉·阿让，而是我在那个胡同里被追捕者所包围，是我在一点点爬上修道院的那道高墙……雨果写《悲惨世界》一共花了17年的时间，他的直觉告诉他这本书将会是一个巨大的成功。他把《悲惨世界》的出版权交给了出价最高的出版商。他的出版商也真的与众不同，居然在那个时代就知道如何做广告。当《悲惨世界》最终面世的时候，一时间洛阳纸贵，几个小时之中第一次印刷的书即销售一空。《悲惨世界》出版之时雨果正在度假。他给自己的出版商发出了一封非常独特的、只有一个符号的电报："？"雨果的出版商也同样具有幽默感，他给雨果同样回了一个符号的电报："！"雨果的意思是："我的书出版情况如何？"而得到的回答是："巨大成功啊！"这两封电报成了世界上最短的电报通讯记录。

与很多死后才成为名人的艺术家不同，雨果很早就是在全法国家喻户晓的文学大师了。而且，雨果也很热衷于政治。他激烈地反对死刑，反对社会的不平等、不公正。他主张言论自由，并呼吁给予波兰自治权。雨果同时也积极主张建立共和政府，在1848年革命以及法国第二共和国建立后，被选进参议院。当路易·波拿巴（拿破仑三世）政变成功，成为法国第二个皇帝并废除宪法时，雨果公开站出来谴责倒退、复辟的拿破仑三世以及他的专制集权统治。雨果也因而遭到政府通缉，被迫流亡国外。雨果在国外整整流亡了19年，即便是拿破仑三世于1859年给予所有流亡国外的政治犯大赦，允许他们回国的时候，雨果仍然拒绝了这一施舍："当自由回到法国的时候，我也会回来的。"不畏权势、刚正不阿、坚持自己自由与民主理念的雨果让我无比崇敬。而最让我感动的是，当英法联军对中国发动第二次鸦片战争，他在举国上下一片爱国主义的狂热中，顶着"卖国贼"的嫌疑，大义凛然地站出来痛斥英法联军火烧圆明园的强盗行径！在致巴特莱上尉的信中，雨果写道："在世界的某个角落，有一个世界奇迹。这个奇迹叫圆明园……这个奇迹已经消失了。有一天，两个强盗闯进了圆明园。一个强盗洗劫，另一个强盗放火。似乎得胜之后，便可以动手行窃了。他们对圆明园进行了大规模的劫掠，赃物由两个胜利者均分……我们欧洲人是文明人，中国人在我们眼中是野蛮人。这就是文明对野蛮所干的事情。将受到历史制裁的这两个强盗，一个叫法兰西，另一个叫英吉利。不过，我要抗议，感谢您给了我这样一个抗议的机会。治人者的罪行不是治于人者的过错；政府有时会是强盗，而人民永远也不会是强盗。法兰西帝国吞下了这次胜利的一半赃物，今天，帝国居然还天真地以为自己就是真正的物主，把从圆明园抢来的富丽堂皇的东西拿来展出。我希望有朝一日，解放了的干干净净的法兰西会把这份战利品归还给被掠夺的中国。"作为一位法国人，在一片狂热的大潮中不被狭隘的民族性蒙上双眼，无畏地站出来反潮流，这需要多么巨大的勇气，多么博大的情怀啊！即便是在今天，在文人、大师们中间能有几人在同样的情况下可以做到这一点？在雨果这样的巨人面前，我们都是犬儒！

雨果于 1885 年 5 月 22 号在巴黎去世，享年 83 岁。巨星陨落，举国悲哀。法国第三共和政府为雨果举行了国葬。葬礼当天，巴黎万人空巷，在从凯旋门到雨果最后下葬的"先贤祠"大街两侧，超过 200 万的法国民众自发地前来为他送行。雨果留下了五句话的遗嘱：

> 我将我的五万法郎留给穷人。我希望被埋葬在他们中间。我拒绝在任何教堂里举行我的葬礼。（但是）我恳求一个祈祷者为所有的灵魂祝福。我相信上帝。

## 罗丹艺术博物馆

在巴黎，我们访问了不下 10 座博物馆。在这些博物馆中，对我灵魂产生最大震撼的，是罗丹艺术博物馆。

罗丹可以被称为现代的米开朗基罗。他用那些雕塑的形体展示给人们深刻的思想和感受。我们一直都喜爱罗丹的作品，比如，我们一直喜爱坐落在旧金山荣誉殿堂（Legion of Honor）艺术博物馆入口处罗丹的《思想者》（The Thinker）。早在来巴黎之前，我们就决定了一定要到罗丹艺术博物馆去参观。八个展厅里陈列着用青铜、玉和大理石雕刻的名著。有罗丹被公众所接受和喜爱的第一个作品《吻》( The Kiss )，有罗丹另一件代表作——著名文学家巴尔扎克的塑像（奥赛博物馆也收藏了一座，在巴黎大街上还有一座）。据说罗丹刚刚把它展示给观众的时候，实际上是受到嘘声的。而只是逐渐地，人们才开始理解和欣赏它的美。罗丹艺术博物馆给我们最大的意外是，到这里我们才发现我们一直喜爱的《思想者》，实际上是罗丹花了 27 年而未完成的巨著《地狱之门》的一部分。而"思想者"实际上就是撰写《神曲》的但丁！从 1880 年到 1917 年罗丹去世，他一直不知疲倦地创作、再创作着这一作品。对他来说，对艺术的追求过程和最终的艺术成品同样重要。罗丹请来了很多的模特，让他们在他的工作室中自由地跳跃、旋转。当看到一个精彩的形象时，罗丹就会大喊一声："停住。"然后拿出笔记本把这个形象记录下来。27 年中，罗丹把《地狱之门》里一些形象取出放大，而其中最著名的就是《思想者》。罗丹一生雕塑了 29 座雕像作品，分藏世界各地，而我们在旧金山看到的就是其中的一座。

但丁《神曲》的《地狱篇》给了罗丹机会去探索人类黑暗的一面："当你走进这里，你就放弃了所有的希望。"这就是地狱的座右铭！地狱之门是由三个影子（Shadow）站在地狱的顶端开始的，他们指向下面的门

《地狱之门》

预示着我们所有人将要去的地方。在他们的下面，坐着思想者但丁，他看着地狱中发生的一切，沉思着。而在他的下面，一个个被打入地狱的人从黑暗中浮现出来，讲述着他们悲惨的故事。在地狱之门的右侧，罗丹描述着弗朗西斯科和波罗的爱情悲剧。从《地狱篇》的英译本，我们读到了他们的故事。弗朗西斯科是意大利佛罗伦萨最大的贵族跛足长子马拉苔斯卡之妻子。然而，她和丈夫的弟弟波罗在共同阅读亚瑟王的王后与第一骑士的爱情故事时，无可救药地坠入爱河。纸总是包不住火的，他们的奸情终于被她丈夫发现。马拉苔斯卡把妻子和弟弟一起杀死了。由于通奸罪，这对恋人死后被打入了地狱。即使下了地狱，他们两人仍然无怨无悔。弗朗西斯科勇敢地告诉但丁：

> 爱，是在温柔的心灵中点燃的一团烈火；
> 爱，是无悔地爱与被爱；
> 爱，就是两人的同生共死！

　　但丁听后为之哭泣。作为神学家的但丁，他是永远也无法认同这种违反基督教教义的通奸罪的，但同时他又对这对深爱着的恋人充满了同情与怜悯。你可以感觉到罗丹所塑造的"思想者"但丁在这里是深深地陷于矛盾之中的。这段爱情毁掉了两个家庭，是不道德，而且确乎是应该受到谴责的。然而我要问：那些只是政治共同体、经济合作社的，没有爱情的婚姻（比如人们熟知的昭君出塞的婚姻及马拉苔斯卡与弗朗西斯科的这段婚姻），究竟又有多道德呢？

　　在门的左侧罗丹描述了但丁在地狱中所见到的可以说是人类最丑恶的一瞬间——人在吃人！Ugolino，这个丑陋的可怜人是那么的饥饿，他正在吃自己孩子的尸体。在人类历史上这种人吃人的事情事实上是曾经发生过的。在春秋时期，楚国对宋国的围城战中，就出现过"析骨而炊，易子而食"的悲剧。还有我们在前面已经说过的梅杜萨沉船。在极端残酷的自然条件、社会条件下，人性是会被扭曲的！君不见，在纳粹集中营里，为了多得到一点口粮而出卖他人的人有之，在"文革"中

罗丹成名作《吻》

揭发自己父母"反动"、"落后"言行的孩子有之。如果说我可以对在那种极端残酷的条件下做出这种非人化行为的人有一些怜悯的话，那么对于三国时那个杀害自己的妻子、割肉去孝敬刘备的卑鄙小人，对于日本侵华战争中731部队用中国人当他们的细菌战试验品的魔鬼，我认为他们只能被打入十八层地狱，并永远不得超生！对他们，我也将永不宽恕。

世界上很少有人愿意睁开眼睛面对人性中最丑陋、最可怕的一面。很多人宁肯像鸵鸟一样把头埋在沙子中，不愿或不肯相信人类历史上曾经发生过这种恐怖的悲剧。而另外有些人则是别有用心，有意识地不让人民知道历史上曾经发生过这种恐怖的悲剧。一直到今天，

《吃人者》

不是还有人不承认纳粹屠杀了 600 万犹太人，不承认日本侵华战争中发生的南京大屠杀吗？但丁没有把头埋在沙子中，他勇敢地直面着这人类最丑恶的瞬间。他在苦苦地思索着，思索着……

　　凝视着坐在地狱门口苦苦思索着的但丁，我也在思索着。我在想，思想者实际上是很寂寞、很孤独，也很痛苦的。他看到了人世间的丑恶、矛盾及不和谐。他在地狱的门口徘徊，他的灵魂被煎熬着，心灵在哭泣着，挣扎着。"我不下地狱谁下地狱！"反之，如果我们真的不去思考，或"思不出位"，整天混混沌沌，也许会活得舒服得多、愉快得多。其实，统治者们总是把思考当成他们的特权，从来不希望他的子民去思考。上帝大概希望人类永远保持着夏娃偷吃禁果以前的状态，并且一定要惩罚盗取天火，从而给人类带来物质文明的普罗米修斯，以及偷吃禁果，从而为人类带来精神文明的夏娃这两个伟大的叛逆者！统治者们永远相信"民可使由之，不可使知之"。他们希望人民永远去做他们的"驯服工具"，做"一颗永不生锈的螺丝钉"。他们要人民对最高指示"理解的要执行，不理解的也要执行，在执行中加深理解"。然而，令我欣慰的是，在人类历史上，总是还有一些思想者不为权势者的威胁、利诱所动，"身居敝巷而不改其志"。他们在思考着，也在寻找着、探索着。"路漫漫其修远兮，吾将上下而求索。"正是因为有了这些思想者，人类的文明从过去走到了今天；也正是因为有了这些思想者，人类的文明还将从今天走向未来。

# 诺曼底

长期以来，我一直对二战史感兴趣。二战中有几个重要的转折点：斯大林格勒大战扭转了整个战争的态势是一个；而盟军登陆诺曼底，成功开辟了第二战场，从而对纳粹德国形成东西夹击之势，可以算是另一个。诺曼底的天气及两军的天气预报在 D-Day（在军事术语中经常作为表示一次作战或行动发起的那天）的选择及登陆战役的成败上起了几乎是决定性的作用。妻子是大气物理学家，她告诉我，一直到今天，诺曼底登陆的天气预报还是很热门的课题，而专门的科学研讨会多次集中讨论这一课题。我们一直在想，如果有一天到法国访问，我们一定要去诺曼底看看。而今天，我终于站在了诺曼底的奥马哈沙滩上了。

盟军 1944 年成功登陆法国，对于盟军和纳粹德国双方的战略意义，怎么强调也不过分。而战役的复杂性

兰仲摄于奥马哈沙滩

及规模，则是在人类军事史上史无前例的。战役开始之前，德军实际上已经意识到盟军会在欧洲大陆，而且极有可能在法国登陆。他们在法国集中了 58 个师，超过 75 万大军，并由德军中威望最高，有"沙漠之狐"之称的隆美尔元帅任前敌指挥。他们所不知道的就是具体的登陆地点及登陆时间。盟军很早就已经决定了要在诺曼底登陆，所以一方面对外绝对保密，另一方面利用各种途径、手段，诱导和暗示盟军的登陆地点不在诺曼底，而是在英吉利海峡最窄处的加莱（Pas de Calais）。长期以来，两面间谍不断向德国送出假情报；盟军更是有意识地提高了对加莱的空军轰炸及海军炮击的力度和频率，使之远远高于对诺曼底的打击力度和频率。在与之隔海相望的多佛（英国东南部港口），盟军在使德军闻风丧胆的巴顿将军周围设立了 12 个师的影子部队（有相应的电台通讯、假演习、假登陆舰装备等等），造成巴顿将率领登陆大军从加莱进攻的假象。缺少想象力且从不浪漫的德国人吞下了诱饵。德军绝对不能想象在这么重要的战役中会没有巴顿参加。他们坚信盟军登陆地点是在加莱，而不是诺曼底。甚至在盟军于诺曼底登陆一个月后，德军还有整整一个集团军死守在那里等待着盟军的总攻！这可以说是二战中最成功的反间计了！

登陆地点有了，那么什么时候登陆呢？回答这个严峻问题的重大责任，落到了统帅着盟军海陆空 250 万大军，5000 艘军舰、12000 架飞机的盟军最高指挥官艾森豪威尔的肩上。在决定 D-Day 的时候，艾森豪威尔是需要考虑很多因素的。首先登陆一定要在拂晓，而且那一天早上一定要落潮，使水下障碍物露出来以便工兵清理；其次海军被要求一定要在夜幕保护下渡过英吉利海峡，在白天阳光下对德军海岸工事进行炮击；最后要求 D-Day 的前一夜是满月，使空降兵及滑翔机能顺利投向敌人滩头阵地的后方。

1944 年春，为了让两栖作战部队得到更多的训练并且能够得到更多的登陆艇，艾森豪威尔把可能的登陆日期从 5 月 1 号推迟到 6 月 1 号，而在 6 月里，只有两个时间段符合多军种的主要要求。5 月 8 号，艾森豪威尔将 D-Day 定在 6 月 4 号，这一天的潮水，特别是月亮将是最理想的（另一个可能的日期是 6 月 19 号，但那一天没有月亮）。

　　艾森豪威尔决定在 D-Day 的头一天凌晨派遣美军 82 空降师、101 空降师及英国皇家第 6 空降师降落在敌军后方控制重要桥梁及交通枢纽，同时从后往前打。负责指挥这三个空降师的是英国皇家空军的雷·玛拉瑞（Liegh Mallory）将军。可是，当他收到情报说德军在降落点附近驻有重兵，而预备降落点不适于滑翔机降落时，雷·玛拉瑞强烈反对这个空降计划。按照他的估算，70% 的战士会在空投时牺牲，而残余部队会被敌人切割并很快被消灭。把几万盟军精锐部队送去牺牲是不负责任的。没有人怀疑与纳粹空军作战多年的雷·玛拉瑞的勇气和经验，但艾森豪威尔判断他是错误的。雷·玛拉瑞在盟军最高指挥官否决了他的意见后，毅

美军登陆及空降示意图

然接受命令，率领三个空降师在 D-Day 凌晨投入战斗！

　　让艾森豪威尔头疼的其实还远不止军事问题。就在战役开始之前，他突然得知，英国丘吉尔首相要求登上第一波海军作战舰艇参加战斗。艾森豪威尔觉得这绝对不是一个好主意。因为如果丘吉尔登上军舰，他至少得派出一个由三到四艘驱逐舰组成的分舰队去保护他！艾森豪威尔虽然是盟军最高指挥官，却不能给英国首相下命令，告诉他可以做什么，不可以做什么。他不能，罗斯福也不能！最后还是英国乔治国王（当今英国女王伊丽莎白的父亲）帮了艾森豪威尔的忙：国王宣布，如果英国首相要到登陆战场第一线的话，国王也必须站在首相的旁边。丘吉尔只好打消了他自己这一浪漫的想法。

　　所有能计划的都准备好了，所有可以做的都做了。登陆部队全部就位，一年来，光为他们做饭，就又多培训了 4500 个新厨师；2000 反间谍部队为登陆部队站岗，不让任何闲人靠近；60 万针青霉素准备好了；8000名医生准备好了！然而，这里有一个因素没有人可以计划，没有人可以控制。那就是天气！

　　6 月 3 号星期六一早，艾森豪威尔的气象总顾问斯泰格上校送来未来 48 小时的天气预报：几星期以来一直停留在英国上空的高压脊即将移出，而正在移进英吉利海峡的低压槽将带来极坏的天气。阴云密布，大风、暴雨，使空军无法出动。大浪又会造成海军炮击失准，一些登陆艇翻船。更不用说大浪会造成晕船，使登陆部队战斗力减弱。

将军们的意见是不一致的：泰德将军和雷·玛拉瑞将军主张推迟行动，蒙哥马利将军主张保持原计划，而海军拉姆齐将军则保持中立。艾森豪威尔判断，盟军在人数上并没有很大的优势，只是有绝对的制空权。如果空军不能对德军滩头阵地进行轰炸，不能把空降部队投放在敌军后方的话，盟军的微弱优势会荡然无存。而登陆失败的可能性就会骤然增大。在征得所有将军的同意之后，艾森豪威尔命令推迟行动 24 小时。已经出发的海军舰队被召了回来，重新加油后在港口待命。

6 月 4 号傍晚，斯泰格送来新的天气预报。他预测在不久之后，暴雨就会停下来，而接下来会有 36 小时晴间多云的天气。空军在星期一晚上（6 月 5 号至 6 月 6 号）可以出动，但可能会是阴天。怎么办？拉姆齐提醒艾森豪威尔，如果我们决定要在 6 月 6 号（星期二）登陆，运载进攻奥马哈及犹他滩头部队的舰队必须在半小时内得到命令。而如果再次推迟，舰队则需要至少 48 小时才能准备就绪以便再次出发。这就将会把 D-Day 推迟到 6 月 8 号，而这时潮水将不能满足登陆条件。那就意味着盟军最早也要等到 6 月 19 号才有可能再次尝试登陆！艾森豪威尔是绝不愿意冒这个风险的。因为在已经得到命令的百万人中，不能保证里面没有一个德国间谍。再等那么多天，诺曼底登陆地点就有可能不再是个秘密，登陆就会变得更加困难。

　　艾森豪威尔向窗外看去，暴雨伴随着狂风吹打着帐篷。你很难想象抢滩部队可以在这种天气状况下登陆！将军清楚地知道，他的决定关系到整个战役的成败，关系着成千上万人的生死。但决定总还是要做的。艾森豪威尔在权衡了各种可能性之后，平静地告诉拉姆齐："下命令吧。"拉姆齐冲出帐篷，给他的舰队下达命令去了。5000 军舰在暴风骤雨中出发，开始向法国海岸运动。诺曼底登陆战役开始了！

　　6 月 5 号凌晨，艾森豪威尔醒来了。他要去参加凌晨 3：30 的最后一次会议。近乎于台风强度的大风把暴雨几乎吹横，抽打着他的面颊。如果现在撤销整个作战计划的话，还来得及。

　　会议开始，斯泰格告诉大家，他所预测的 6 月 5 号的坏天气已经如期而至，但在未来的几个小时内，天空将会放晴。长期预报前景并不好：他预测 6 月 7 号英吉利海峡的天气有可能再次变坏，而这就有可能造成盟军在第一第二冲击波后，在一段时间内，不一定能把增援部队送上岸。就在斯泰格发言的过程中，雨停了，天开始放晴。斯泰格退出了会议厅，留下将军们去作最后决定。每个人都发表了自己的意见。然而世界上只有一个人能够作这个决定，这个人就是艾森豪威尔！艾森豪威尔沉思了一会，然后用低沉但非常清楚的声音说："OK, let's go."

　　将军们全从座椅上跳起来，冲出屋去。他们要到各自的指挥岗位上就位。30 秒钟，刚才还是拥挤不堪的屋子已经空空如也，只剩下了一个人……艾森豪威尔坐在空荡的屋子中，一时间他是那么的孤独，那么的无助。一分钟前，他是全世界最有权力的人，他的一句话决定着几百万人的生死；但现在，他是那么的无力、衰弱。在以后的两三天里，他不可能做任何事。他已经不能让战争行动停下来了，没有任何人可以让这个行动停下来了！他只有等待。

在6月5号这一天中，艾森豪威尔坐下来准备了下面一段新闻发布稿："我们在法国北部地区的登陆作战行动失败了，我已经下令部队作战略性撤退。根据我们所得到的情报和具体情况分析，我作出了登陆进攻的决断。我们英勇的海军、陆军和空军将士们已经做到了他们所能做的一切。"他最后写道："If any blame or fault attaches to the attempt, it is mine alone."（我个人为此承担全部责任。）这个新闻发布稿从来没有真正使用过，但却被奇迹般地保留了下来。

晚上6点晚饭后，艾森豪威尔与他的副官一起驾车来到101空降师驻地。101空降师是雷·玛拉瑞预测将会有70%伤亡的一个师。将军和士兵们轻松地交谈着。战士们告诉盟军最高指挥官不要担心，他们会完成任务的。一个来自德州的战士甚至许愿给最高指挥官，请他战后到他的牧场去工作。将军目送一波接一波满载士兵的C-47运输机群起飞了。一位目击者记载，最高指挥官眼中充满了泪水！

6月6号早上7点,艾森豪威尔得到消息:空降行动成功,伤亡轻微。雷·玛拉瑞向艾森豪威尔道歉:他在艾森豪威尔需要作出战略决定的关键时刻增加了他的负担。他说:"没有人愿意承认自己错了。但我是那么高兴地告诉你,我错了!"多年以后,艾森豪威尔回忆在整个战争中最高兴的时刻,莫过于他听到82和101空降师已在犹他沙滩后边投入战斗!

诺曼底登陆之战完全出乎德军的意料。诺曼底地区三个师中,两个师的师长和军官此时离开了他们的指挥位置去参加一个沙盘作战演习;盟军的海军炮击和空军轰炸切断了德军所有电话电报通讯;而最重要的是德军的气象预报完全失败了。

由于没有任何在大西洋上的气象站,德军气象工作者虽然也预测出了6月5号到来的坏天气,但却没能像斯泰格那样预测出在坏天气中间有一个很小的窗口。对德军而言,这比没预报出坏天气更糟糕!因为德军据此判断这段时间里盟军不可能有任何军事行动,甚至于隆美尔元帅都不在自己的岗位上!当6月3号暴风雨来临后,隆美尔判断在最近的未来不会有入侵。所以他回到德国为爱妻过生日,同时向希特勒述职。

如果说艾森豪威尔冒着极大风险(甚至可以说是赌博),毅然决定盟军在6月6号登陆是极具戏剧性的,那么以后发生的情况更加证明这一决断的英明:6月19号,超强的暴风雨袭击了法国海岸线。盟军修建的临时人工码头被摧毁，舰船被吹翻。事实上盟军在这一天受到的损失远远大于 6 月 6 号德军给盟军造成的损失！斯泰格给艾森豪威尔送去了一个条子，提醒将军：如果登陆日期不是 6 月 6 号，而是备用日期 6 月 19 号的话，盟军就会遇到 20 年来最大的暴风雨。艾森豪威尔阅读了条子之后，在条子下面写了这么两句话："感谢战争之神，我们（在 6 月 6 号）登陆了！谢谢你！"然后把条子送了回去。


折戟沉沙铁未销，自将磨洗认前朝。东风不与周郎便，铜雀春深锁二乔。

——杜牧

被摧毁的德军工事

其实在世界军事史上由于天气影响到战争的成败的例子有很多。赤壁之战，如果"东风不与周郎便"的话，那么也真有可能会"铜雀春深锁二乔"了；倘若突然到来的台风没有摧毁元世祖忽必烈的舰队，日本当时也就成了元朝的一部分了；滑铁卢之战拿破仑如果不是因为天气及战场的泥泞而推迟了总攻的时间的话，威灵顿也许根本等不到日落时分普鲁士军队赶来解围，进而打败了拿破仑，取得了整个战争的胜利。而诺曼底战役则为天气及天气预报在现代战争中的作用作了最好的诠释。

然而不管计划得多么完美，仗还是要由士兵来打的。在奥马哈滩头，美军第一师迎头撞上了德军精锐部队的 352 师。352 师已在这里驻守将近三个月了，盟军的情报系统居然把它给忽略了！詹姆斯中校率领的第二营在敌人的枪林弹雨中攀登上 30 米高的陡壁，225 名英雄只有 90 人生还！第一师是美军的王牌部队，他们的口号是："没有任何不能完成的任务，没有任何不能接受的牺牲，职责永远是第一位的。"他们在最艰苦的条件下，在遭遇强敌的情况下，勇敢迎战，在奥马哈滩头站住了脚。正是这些普通士兵的英勇无畏及面对意外情况的沉着、果断，使得艾森豪威尔的计划得以成功！当 6 月 6 号结束的时候，15 万 6000 盟军士兵突破了希特勒的"大西洋堡垒"！

我们访问了奥马哈后面的美军墓地。横平竖直的一排排墓碑矗立在我们面前。9000 多名战死的将士长眠于

耸立在奥马哈峭壁上的美军第一师纪念碑

此！在来访者中心，我看到墙上有这样一段文字："人们说战争是为了占领土地，这里是一个例证：我们要求一小块土地，是用它来埋葬我们倒下的战友。"法国政府无偿拨出了174英亩的土地建造了这座美军墓地。每年成千上万的人们来到这里，向这些在当年的反法西斯战争中牺牲的英雄们致敬。我想当年斯大林给丘吉尔的电报可以最好地概括诺曼底之战的意义："从它那宏伟的规模，恢廓的概念，以及大师般熟练用兵等等来看，人类战争史上还未曾有过与之相比拟的功业。"（The history of war knows no other like undertaking, from the point of view its scale, its vast conception, and its masterly execution！）

庄严、大方的美军烈士陵园

　　诺曼底之战的胜利，在更高层次来看，其实又是罗斯福和希特勒的对决结果。在造神运动中产生的希特勒是无所不能的。他既懂艺术，又有"主义"、"思想"，还会设计汽车，当然更是战无不胜的统帅，是先知先觉的军事天才（到了后来，他自己也相信这些鬼话了）。既然他是无所不能的超人，那他当然要指挥一切，统帅一切。作为征服者，希特勒是不愿意吐出任何占领的土地的，所以部队只能分散开去保卫所有的前线。从1月到6月，他从法西线抽走了很多部队到其他战线。出兵占领匈牙利，增兵东线苏俄战场，增兵罗马南部去帮助他的难兄难弟墨索里尼。此外他还屯兵挪威、丹麦和法国南部去防止可能的登陆。他只选择记住那些他猜对的决策，如果仗打胜了，那是领袖英明领导的结果；如果打败了，那是下面军人没有正确领会领袖的最高指示出的错，而从不承担任何责任。没有人敢和他说实话。一批批将军们为他的错误而被免职、清算，统帅部里人人自危。这种情况下，想不打败仗都难。与之截然相反，罗斯福在战争中只是慎重地选择可以赋予重任的将军。他曾经说过，选择艾森豪威尔担任盟军最高指挥官，是他一生作出的最艰难，也是最重要的决定。历史证明，他的选择是英明的。疑人不用，用人不疑，他选择好人以后决不干预、过问艾森豪威尔的战略战术。你什么时候打，怎么打，打哪里我不管，只要告诉我作为总统可以做什么能帮你成功就行了。只有当政治和外交事件参与进来后，罗斯福才会插手把各个方面摆平。他把所有的鲜花、掌声和光环全都留给那些出生入死的军人。海军上将金将军曾经半开玩笑、半认真地讲："大事不好的时候，总统就来找我们这些不会说好话的老梆子们。"金应该感到庆幸，因为"大事不好"的时候，希特勒找来的都是些阿谀奉承之徒！直到盟军已在诺曼底滩头站住了脚，在军事会议上，希特勒还在告诉他的将军们盟军所占领的地方有多小，而仍由纳粹占据的法国领土有多大。他笑着对将军们说："现在敌人终于来到了我们可以打击他们的地方了。在英国他们是安全的。"当时怎么就没有一个人敢站出来大喊一声："醒醒吧，元首！皇帝是光着屁股的！"其实我不应该对没人站出来感到意外。在专制集权体系中，说实话是要付出代价的，而犯颜诤谏者的结局也多为悲剧！这在历史上是数不胜数的（参见拙作《专制权力与中国社会》）。而从这个层次来看历史，盟军取得诺曼底之战的胜利也就不奇怪了。

　　牧仑兄曾经问我：如果盟军当年在诺曼底失败了的话，历史会怎么走？斯大林会统治整个欧洲吗？我摇头，无语。我不知道，我真的不知道。这个世界没有科幻电影里的时间机器，所以也不可能把历史重演一遍的。我只是庆幸，历史走了我们今天的道路……

# 凡尔赛和我眼中的法国大革命

　　一位欧洲旅行专家曾经说过："如果在整个欧洲你只能去访问一座王宫，那么这座王宫就应该是凡尔赛宫。"凡尔赛位于巴黎的东南方向，虽然你可以开车或叫出租车，但我们还是感觉坐火车才是最便捷，也是最经济的。坐上"RER-C"火车（每小时发四班车），30~40分钟就到了。来回车票只需6.43欧元，反之，你要坐出租车，单程就得将近60欧元。这时你又可以体会到买巴黎博物馆通行证的优势了：四天的通行证只需要50欧元，它也包括参观凡尔赛宫的门票；而你单独买凡尔赛宫的门票就要25欧元！

　　凡尔赛宫是欧洲18世纪最美丽的艺术建筑。最早，这里是法国国王路易十四的父亲——路易十三的狩猎别墅。路易十四不喜欢巴黎，想把政治中心从巴黎移到凡尔赛来。他亲自组织了从艺术家到工匠的巨大团队开始凡尔赛宫的建筑。人员最多时，竟有 3 万人在同时从事工作。从 1676 年到 1695 年，经过 20 年，宫殿终于建成了。凡尔赛从此成了全欧洲的政治文化中心，成了欧洲所有国王的梦想。当我们走向凡尔赛宫，首先看到的就是这位当年欧洲最强大国王的铜像——被称为"太阳之王"的路易十四骑在骏马之上，威武得很。

凡尔赛宫前路易十四铜像

凡尔赛宫的御花园非常美丽、大气，比伦敦的皇家花园更壮观。我个人认为，它并不比北京的颐和园或承德的避暑山庄差。

当你走进富丽堂皇的凡尔赛宫，你会感受到历史的厚重。路易十五几乎在这里待了一生；他的孙子，在法国大革命中被送上断头台的路易十六在这里举行了婚

美丽的凡尔赛宫御花园

礼；普法战争后，俾斯麦就是在这里主持了德皇威廉的登基仪式；1919 年 6 月 28 号，德国就是在这里与列强签署了结束一战的《凡尔赛和约》！凡尔赛宫中给我印象最为深刻的就是"镜殿"。357 面巨大的镜子布满了四周的墙壁。置身其中，我情不自禁地发出感叹："太豪华了，太奢侈了！"这种奢侈与那个时代普遍贫困的法国人民大众生活形成了巨大的反差。路易十四一生有两大嗜好：建筑和打仗。不幸的是，这两样都是很费钱的。比如，凡尔赛宫就整整花去了当时法国全国一年GDP 的一半之多！当经济好的时候，什么问题都掩盖在水面下，还不要紧；但经济不好的时候，社会矛盾、问题就都显露出来了。而当统治者不能妥当地处理这些矛盾的时候，革命就要到来了。

富丽堂皇的凡尔赛宫

在欧洲的历史上，即便是最专制的君主也很难在没有广大民众一定程度的拥戴下存在长久的。因而几乎所有的国王们在弱势大众与拥有特权的贵族集团发生冲突时，全都毫无例外地站在弱势的大众一边，反对已经得到无数好处的特权贵族，从而保证了社会的相对稳定和平衡。从中世纪延续下来的骑士制度这一传统，一直到亨利四世、路易十三，以至前半期的路易十四都是如此。他们大概都不会允许像"我爸是李刚"这样的荒唐事发生在他们的治下，恐怕也不会容忍手下一个县郡级小捕快头儿的衙内这么有恃无恐、草菅人命。然而，从路易十四晚期开始，到路易十五，路易十五的孙子路易十六已经不再是弱势群体的保护者，而是成为特权贵族的总代表了。即便是应该立场超然的第一等级僧侣教堂势力，也演变成替皇权贵族代言的喉舌了。这样一来，国王在人民眼中已成为滥用职权，给人民带来苦难的象征。这无疑为革命的到来打下了基础：当你杜绝了社会的上下流通，堵塞了任何通过和平渠道改善生活及社会地位的可能，弱势群体得不到保护和公正待遇，司法成了保护特权贵族、压制人民的工具时，革命就快要来了。路易十四、路易十五在法国大革命来临时都早已去世了，但他们的后辈路易十六，则没有那么幸运。

今天人们大多认为法国大革命是从 1789 年 7 月 14 号巴黎人民起义攻克巴士底狱开始的。但是我却偏向于认为法国革命实际上开始的比这要早，而且导火索也不是在巴黎，而是在凡尔赛被点燃的。

18 世纪的法国是一个生来就不平等的社会。全社会就像是两层楼：住楼上的从财富到社会政治地位，要什么有什么；住楼下的则是一无所有。法国社会当时存在着三个等级：第一等级是僧侣阶层，有 10 万人左右。第二等级是王朝贵族，有大约 40 万人左右。第一第二等级占有着全国 90% 以上的财富及不动产。剩下的 2600 多万法国人，从农民、工人、医生、律师、知识分子，到新兴中产阶级，98% 的人民属于第三等级。他们要交最高的税，但社会地位却是最低的。即便一些新兴的资产阶级已经很有钱了，但还是没有地位，让人看不起。

　　这种不平等的社会状况在法国历史上一直是如此。过去第三等级的人民大众大概认为这是不可避免，也是不可改变的，也就简单地接受了这种不平等的现实。然而18世纪下半叶，随着文盲率的降低，情况变化了。以孟德斯鸠、卢梭为代表的思想家们对这种腐朽的政治及社会制度发起了猛烈的抨击。他们认为教会是腐败的，需要改革；全人类生来平等，不管生于何种等级，所有人都应享有一些有普世价值的基本人权；人民有权决定自己的未来。他们认为国家和政府的主要职责就是满足公民的需要。这些理论在当时是非常激进的（即便在今天也不能在世界上完全实现），但却在第三等级广大人民中被广泛接受。到了18世纪80年代，法国人民已对现状强烈不满，他们中的很多人有很强烈的想法要改变这一系统。此时，几乎所有人都意识到法国的问题已经不是要不要改变，而是什么时候改变、如何改变了。事实上，这一巨变发生的比所有人预料的都要早。

　　法国是当时欧洲最大的国家，有着当时世界上最大的军队之一，有很多殖民地，这是王朝强大的保证。然而与此同时，一个同样不容忽视的事实是，保持强大的军队及拥有大量的殖民地是需要钱的。你如果不能持续地付钱给他们，就会造成国家的不稳定，这样他们反过来会伤害你。1756年到1763年，欧洲大陆上爆发了以英国、普鲁士为一方，以法国、俄国、奥地利、瑞典为另一方的七年战争，造成了 90 万到 140 万人伤亡，而法国成了战争最大的失败者。她的陆军败给了普鲁士，海军则败给了英国皇家海军。最重要的是，法国在战争期间出现了巨大的财政赤字。现在战争结束了，没有人知道该怎样填补这一亏空：每年仅仅付给战争贷款的利息就会用去一年税收的一半以上。1775 年新登基的路易十六为了打击法国的敌人英国，出钱出军支持美国独立战争。这更使王朝的财政危机雪上加霜。所有路易十六的财政大臣、顾问们全都告诉他只有从现在开始向第一、第二等级收取土地税，才能拯救法国经济。然而，自私的贵族与僧侣们拒绝了路易十六的请求。他们礼貌地，但是坚决地告诉国王，只有一个合法的可能性能够迫使他们交税：那就是召开三等级联席会议。这种全民代表会议在法国自 1614 年以来，已经 160 年没有再开过。不愿交税的贵族们把赌注押在路易十六不敢召开这一会议。因为这一会议将包括第三等级的代表，并允许他们向王朝政府提出要求。贵族们认为国王已经有太多的问题需要解决，怎么还敢再添新问题呢？然而，路易十六太需要钱了！ 1788 年，他正式作出了召开所有等级联席会议的决断。这一决定推倒了多米诺骨牌的第一张牌，引来了一个接一个社会、政治的变化。而这一连锁反应一旦开始，包括国王在内，没有任何人可以让它停下来了。

正像特权贵族们低估了路易十六一样，现在国王自己也犯了同样的错误：他以为第三等级的代表们来到凡尔赛，得到一些经济上的好处，通过他要求特权贵族交税的计划，就会乖乖地回家去了。他不可能比这更错了！国王三等级联席会议的提议，使包括新兴资产阶级在内的平民百姓看到了新的希望。他们的要求不仅仅局限于经济上，他们也要在政治上、社会上有自己的声音。他们要求政治改革！

法国三等级联席会议开幕

　　1789 年 5 月 5 号，三等级联席会议就在凡尔赛举行了盛大的开幕仪式。然而，就在 5 月 2 号国王接见代表的仪式上，路易十六犯了他一系列严重错误的头一个。国王热情地欢迎第一、第二等级的代表们，与之寒暄。和这一态度形成强烈反差的则是，他傲慢地让第三等级的代表们整整等了三个小时。而当最终接见第三等级代表时，他自始至终保持着一种冷漠、高高在上的态度。600 人依次走到他面前鞠躬离去，他竟在全过程中连一句话都没说！这深深地伤害了第三等级代表们的自尊心。我不知道他脑子里是不是灌水了，他是需要第三等级的支持才能进行向第一、第二等级征税的财政税务改革的啊！也许他是因为内向、羞涩的性格，想以冷漠的外表掩饰内心的紧张及不擅与生人言谈的弱点；也许他的不礼貌的举止是他不希望看到和听到第三等级向他提出的改革要求。然而，该来的总是会来的。第三等级不会因此而不提要求。在会议上，第三等级的代表正式要求言论出版自由，要求司法独立与公正，要求包括贵族在内的所有人在法律面前一律平等。其实在人民代表意见被提出之前，第三等级与第一、第二等级已经在代表资格认证及如何计算选票上产生了矛盾。第三等级反对资格认证的暗箱作业。另外，他们也反对每一阶层只有一个声音，一票的做法。因为这种计票方式使第一等级与第二等级总能对第三等级形成二比一的优势，也就是说，第三等级怎么选也起不了什么作用。第三等级要求每个代表可以自由投票。这样一来，贵族有 285 票，僧侣 308 票，而第三等级有 621 票。这就会给第三等级最大的优势。他们请求第一、第二等级代表参加他们的会议。当没有人接受这一邀请后，第三等级宣布如果他们不来，将失去向全国人民讲话的权利。6 月 13 号，

三位僧侣代表来到第三等级的会场。他们受到了第三等
级代表们的热烈鼓掌欢迎。以后两天，16位第一等级
的代表参加进来。特权贵族阶层的钢铁同盟出现裂痕
了。

第三等级认为他们现在已经不简单地代表他们的等
级，而是代表着包括各个阶级的全体法国人民！所以，
他们的会议也应被称为人民代表大会，或者是法国国民
议会。6月17号，第一次国民议会会议召开。6月19
号，少数（不超过10人）的第二等级的代表和大多数
第一等级的代表参加了国会。贵族们害怕了，他们要求
国王派出军队取缔国民议会并逮捕议会的领导人物。路
易十六没有采纳这一建议，而是采取了相对温和的措
施：6月20号，他以房屋需要修缮为由，关闭了国会议
会厅并派兵把守，阻止国会议员们进入。于是愤怒的议
员们进入了凡尔赛宫附近的一个室内网球场，宣誓一直
到国家和政府的政治改革成功国会绝不休会。这就是著
名的"网球场誓言"！可以这么讲，正是从这一刻，法
国大革命开始了。

路易十六的僵化、缺少审时度势的能力及领袖的
智慧在"网球场誓言"事件后的几天中表露无遗。他没
有意识到第三等级的代表们不是一小撮孤立的小利益集
团，而实际上是成百上千万人民的代表。他以为只要向
这些代表们做出一些小的让步，一切又都会回到过去，
他还可以像他的先王们那样继续以专权统治法国。然而

可悲的是，现在的法国，"山也不是那座山哟，梁也不是那道梁"了。

6月23号，"网球场誓言"事件发生三天后，路易十六按原订日程与三等级全体代表见面。当他走进会场，全体第二等级的贵族代表及部分第一等级的僧侣代表向他欢呼致意的时候，全体第三等级的代表沉默着。国王向代表们发表了预先准备好的长篇发言。他确乎做了一系列让步：比如，允许三等级联席会议定期开会；从此任何新税收必须得到三等级联席会议的批准；每年的国家财政预算将由三等级联席会议来做。然而，他的讲话最重要的却是在强调他的不容置疑的绝对权威：他虽然允许代表们定期开会，但仍然必须分开，各等级开自己的会。尤其重要的是他强调代表们无权自行起草宪法，并宣布这种行动是非法的。讲话结束后，国王命令所有代表离开会场去参加自己等级的会议。然而当国王及大多数第一、第二等级代表离开后，第三等级的代表们拒绝了国王的命令而没有离开他们的席位。一位第三等级代表的领袖对路易十六派来的官员说："你去告诉你的主子，我们是代表人民坐在这席位上的。除非使用刺刀，我们是不会离开的！"

路易十六在这个历史的关键时刻表现了极大的克制而没有动用军队去清场。以后几天，当大多数第一等级及47位第二等级的代表们参加第三等级的会议之后，6月27号，国王做出妥协，宣布他将允许这种三等级联席会议开会。法国的社会、政治秩序在没有暴力，没有流血的情况下被改变了。如果在这一时刻，路易十六及贵族们没有犯他们所犯的错误，包括各阶层在内所有人的需求都会在这种妥协中被满足，血腥的暴力革命也许就能避免了！从史料中，我发现在这一时刻，法国人民、法国革命者们其实并没有把法国变成一个民主国家的愿望或计划。他们并不想把路易王朝完全推翻。相反，他们的目标实际上是起草一部新宪法来保证所有公民的最基本的人权，从而使法国成为一个君主立宪的国家。在这个国家里，国王的权力是基于人民及人民代表的意志。他们乐观地认为国家和政府会通过和平途径完成政治改革。可悲的是，如果不是因为贵族阶层的贪婪，对政治改革的阻扰及对国王的影响，如果不是因为路易十六的短视及犹豫不决，这一和平演变其实完全是可能的！

但是特权贵族们，特别是以王后为代表的皇亲国戚们，害怕从此失去他们在政治上、经济上的特权与财富。他们强烈地鼓动，甚至胁迫国王派兵镇压。他们告诉国王国民议会是在打国王的脸。他们强调这是对整个王朝政权的威胁。镇压是必要的，即便这意味着摧毁整个巴黎！软弱而又毫无主见的国王犯了另一个致命错误：他最终同意了特权贵族的要求，开始调兵准备镇压了。6月底，路易王朝召来了四个团的军队，命令他们进军巴黎和凡尔赛。紧接着又追加了几个团，总共集结了超过两万的机动部队。

国王派兵来镇压的大军逼近首都的消息传遍巴黎。7月12号，在人民中享有很高威望的财政大臣奈克（Jacques Neker）被以王后为首的保守势力胁迫下台的消息传到巴黎，这成了压垮骆驼脊背的最后一根稻草。巴黎市民高呼"武装自己，武装自己"，冲上街头四处搜集火枪和大炮。一些民众在旧宫殿和军医院中发现了大量枪械和大炮，但他们没有弹药。而人们知道有一个地方是有弹药的，那就是已有400年历史的巴士底要塞。巴士底是法国封建王朝对人民实行专制统治的象征。它的围墙有9英尺厚，炮楼有90英尺高。有吊桥和护城河。当然，它还有令人谈虎色变的狱室。7月14号，人民包围了巴士底狱。当要求要塞指挥官交出弹药的谈判失败后，民众砍断了吊桥的绳索，开始向要塞冲击。守卫要塞的士兵开枪了，多达90名民众被击毙。民众以及反叛的士兵们拖来了大炮对准了城堡。要塞指挥官知道他的要塞不能抵挡大炮这么近距离的轰击，所以投降。太晚了！他和6名开枪的士兵被暴民们处死，指挥官的头被砍下插在棍子上游行示众。血腥的暴力革命开始了。

巴士底狱被攻克的消息传到了凡尔赛。路易十六听到这一消息时震惊地问："这是一场动乱吗？"他的手下回答道："不是，国王陛下。这是一场革命。""这是一场革命"，而且是暴力革命，这最好地概括了巴士底狱被攻克的意义。

　　攻克巴士底狱是一场不大的战斗，但它的意义却是非凡的：巴黎自此完全为革命者所占领。一直到今天，7月14号攻克巴士底狱还是被法国政府和人民作为国庆节来庆祝。国王此时实际上有足够的军队攻击造反的民众，重新占领巴黎。但这会付出什么样的代价？又会达到什么样的目的呢？国王的军官们告诉国王如果他下令屠城，很多士兵很可能拒绝执行命令，甚至哗变。路易十六不情愿地下令部队撤退，接受了这一残酷的事实。路易十六的让步标志着王权专制的结束。他不得不接受从6月中旬开始的这一转变：三等级联席会议已不复存在，取而代之的是一个由人民选出的国会。

　　7月17号，路易十六决定亲自去巴黎。他认为他公开地接受民选国会和人民的意志会使国家走向和平，秩序会得到恢复。王后害怕他这一去会被逮捕甚至杀害，央求他不要去。这一刻路易十六爆发了："不，我要去巴黎！我把我自己交给我的人民，他们想对我做什么就做什么。"巴黎市民对路易十六这一善意举动给予了热情的回报。当国王的马车进入巴黎时，礼炮齐鸣。人民向他欢呼："法国万岁！""国会万岁！""国王万岁！"事态向好的方向发展。8月4号，国会通过决议废除一切贵族的封建特权，并且开始起草新的宪法。国会花了巨大的精力和时间起草《人权宣言》(*Declaration of the Rights of Man and of the Citizen*)，详细列出国家政权与国王的关系。此时，国会议员们没有任何企图取消国王，走向美国那种完全的民主政治体制。他们要取消的只是君主的绝对专权：在新的政治体制下，国王不再拥有绝对权力决定包括法律在内的国家的一切。没有议会与司法权力分支的同意，国王不能制定和实施任何法律；同样，任何提案只有得到国王的批准才能成为法律。

议会在 10 月 2 号向国王呈上这一文件，希望得到路易十六的正式批准。他们失望了。国王告诉议会，他需要时间来研究和审查这一决议的细节，而他将在这之后作出决定。这是路易十六犯下的又一个愚蠢的错误！因为法国人民和议会已经不再信任国王了。他们怀疑国王拖延时间只不过是为了麻痹人民，真正的目的是再次调集忠诚于国王的军队重新夺回已经失去的绝对君权。而路易十六自己又给这一怀疑提供了佐证。王室开始秘密地征调外国雇佣军去凡尔赛。巴黎的舆论在问：凡尔赛宫不是已经有足够的卫兵守卫了吗？紧接着消息传来，在由于歉收，人民都没有面包吃的情况下，路易十六召开盛大宴会招待这些雇佣军，而且一些贵族军官竟明目张胆地在宴会上侮辱法国革命！是可忍，孰不可忍！10 月 5 号，成千上万的巴黎妇女组成的大军在蒙蒙细雨中徒步向凡尔赛进军了（有些男人也穿上女人的衣服混在妇女大军中）。她们要求面包，要求惩罚侮辱法国革命的贵族军官，要求所有的王室卫队由忠于法国革命的巴黎士兵组成。

　　成千上万的妇女大军在阴雨和泥泞中到达了凡尔赛。这些毫无组织的乌合之众越来越无耐心，也越来越暴力。国王的卫队在暴民们对王后作出死亡威胁的情况下，向路易十六请求向成千上万的人群开枪。国王断然否决了这一动议："国王决不接受任何让他的臣民流血的计划！"凡尔赛的暴力活动在两个卫兵死亡、14个卫兵受伤之后停止了。但群众不信任国王，认为国王住在凡尔赛会受到反动贵族及主教们的影响和控制（这也确乎是事实），只有把国王带回巴黎，使之生活于革命群众之中，他才会全心全意地接受和拥抱革命。群众在王宫外大声呼喊："去巴黎，去巴黎！"最后，国王和他的全家来到了阳台上。路易十六讲："孩子们，你们希望我和你们一起去巴黎。好吧，我同意。我只有一个条件：我决不能与我的妻子和孩子分开。"在国民卫队及成千上万的民众的护送（或者是押送）下，路易十六夫妇离开了凡尔赛。望着今天那空旷无人的殿前广场，不知为何，我的眼前竟浮现出另一个青年模糊的影子，南唐的那位极具才华，善良、软弱而又绝对不是一个好的君主及称职的政治领袖的年轻人：亡国之君李煜。


　　　四十年来家国，
　　　三千里地山河。
　　　凤阁龙楼连霄汉，

玉树琼枝作烟萝，
几曾识干戈？

一旦归为臣虏，
沈腰潘鬓消磨。
最是仓皇辞庙日，
教坊犹奏别离歌，
挥泪对宫娥。

——李煜《破阵子》


别了，在国王王后的余生中，他们再也没有重回过凡尔赛……

在国王回到巴黎的一段时间内，暴力为和平所取代。平民对国王欢呼，甚至对人民不喜欢的王后也表现出了好感。然而一系列变化把法国带上了另一条路。首先，当初支持第三等级的贵族与僧侣在议会中的代表们，对杀害王室卫兵，并把人头插在棍子上示众的暴民们感到愤怒和恐惧。他们（约占 1/3 的议会成员）纷纷离开巴黎，有的甚至离开了法国。这就使得议会更加激进而缺少了妥协。而政府对宗教信仰的干预，则被很多历史学家认定是法国革命政府所犯的最大的一个错误。法国政府要求所有神职人员必须宣誓效忠法国革命及法国革命政府，包括主教在内的一切神职人事任命，不得由罗马教皇，而是由法国政府决定。这一政策迫使人民必须在革命和他们世世代代留存下来的信仰间作出抉择。而很多法国人对两者都很热爱。在所有法国人中，有一个人对这一政策强烈反对。他就是路易十六，国王本人。国王是一位非常虔诚的天主教徒。在这之前，他虽然不完全同意革命政权的激进政策，但他还是有与革命政府及议会合作的愿望。当以王后为首的贵族集团以及外国势力（如王后的兄弟奥地利国王）屡次请求他出国调集忠诚于王室的军队及外国军队扑灭革命时，都被他拒绝了。然而革命政权干涉教会的措施使他感到不能容忍。最后，他终于同意了逃跑出国的计划。1791年6月20号，路易十六和他的亲人化装成佣人逃出巴黎。不幸的是，在离巴黎124英里的小镇瓦伦，国王被人认了出来，所有王室成员被捕，并被押回巴黎。124英里竟走了4天。35岁的王后，一头金发在4天间已完全变白了。

路易十六逃跑的企图，不光使他自己为革命者及人民所痛恨，也造成了革命者的分裂。他不仅彻底毁掉了他是一个忠诚于革命，忠诚于法国的王室成员形象，他的行动也鼓励了那些国外企图复辟的保皇党贵族。而最糟糕的是，这一行动分裂了革命政权：一部分人仍旧希望继续延用君主立宪政体，而另一部分更激进的人则主张废黜君主，实现完全共和。1791年10月1号，议会解散，以左翼"雅各宾"俱乐部为首的新国会更加激进。他们主张消灭一切反对法国大革命的反对派，并以民主共和政体取代君主立宪政体。很快，在雅各宾党人内部，由于对法国革命方向性的分歧，又分成了两派：一派是相对比较温和，还对妥协与对话敞开大门的"吉伦特派"；另一派是鼓励暴力革命，以丹东、罗伯斯庇尔、马拉为首的极端的"山岳派"。

　　法国革命政府命令所有移民国外的人（主要是贵族）回国，否则将没收全部财产。这一要求没有得到回应。法国向这些移民主要居住的国家，也是王后的祖国奥地利宣战了。很快奥地利的盟国普鲁士也向法国宣战，与奥地利并肩战斗。与外国的战争使很多法国人感到不安全，从而接受以爱国为名义的"极左思潮"与暴力行为。比如当一个普鲁士将军威胁他将摧毁巴黎时，一群愤怒的暴民屠杀了超过 12000 名关在市监狱的所谓"政治犯"。这就是发生在 1792 年 9 月著名的九月大屠杀。所有没能逃跑的贵族都被杀了，甚至很多仅仅是因为他们是贵族的侍者或为贵族家庭服务的佣人被残杀。女囚徒们被先奸后杀。这些以革命、爱国名义进行的暴力行动，我个人认为，在此时已完全失去了它的正义性！后来很多历史学家发现，九月大屠杀的主力其实就是从监狱中放出来的刑事犯。法国革命政府把他们放出来，腾出监狱来关政治犯。这些人本来就不是什么好鸟，是破坏性极大的流氓无产者。他们对社会充满了仇恨，从来不想如何使这个社会变得更好，而是以破坏、杀戮为己任！

　　我感到眼前一阵模糊，时空错乱，我仿佛一下子又回到了 45 年前那个恐怖、炎热的夏天……

抄家的红卫兵到北村了。他们冲进滕家，先围起滕兄的哥哥拳打脚踢，打完他哥哥又围起来打他……抄家的红卫兵到西村了。妻子大学同窗江姐的外祖父是在抗日战争时为国壮烈牺牲的国军高级将领。这可不得了了：她姥爷是国民党大官！江姐立刻成了"狗崽子"。那些红卫兵们以侮辱出身不好的同学为乐。江姐当年戴一副小眼镜，他们用一把玩具枪，前面插一枝沾墨的毛笔，从侧面射击。当毛笔从眼镜和眼睛之间穿过后，江姐一下子眼前一片漆黑，什么也看不见了。当然，有时射偏了，毛笔从眼镜外边射过，或射在太阳穴上……

抄家的红卫兵到了东村。那些身穿黄军装、肩戴红袖章的女红卫兵冲进我家。"破四旧的红卫兵来几次了？"，母亲回答："来过两次了。""哼，都来过两次怎么还那么干净？！"她们一棍子就把父母的结婚照从墙上打下来，碎玻璃撒了一床。母亲那披着婚纱的照片被撕碎了，被她们践踏在脚下。五斗橱被推翻在地，盛衣服的樟木箱子被底朝天整个翻在地板的中间。艺术品、陶器，被一阵棍棒砸得粉碎。她们强迫母亲罚站，强迫母亲抱着腌咸菜的坛子罚站。一根上边的萝卜干没沾上盐水，长毛了。"把这一根吃下去！"女红卫兵命令道。母亲二话没说，拿起那根萝卜干就吃了下去。女红卫兵们笑了。我和姐姐吓得不敢回家，躲在东村 40 号（我家住在 39 号）的墙角窥探，直到天黑抄家的红卫兵提着从我家抢走的大包小包骑车扬长而去，才敢回家。我一辈子也忘不了一进家看到的那场景：到处贴满了封条，地上一片狼藉根本下不去脚，白纸上写满了"老子英雄儿好汉，老子反动儿混蛋""革命的站出来，不革命的滚蛋，反革命让你玩蛋"等等内容。父亲满目萧瑟，受尽侮辱的母亲依然失魂落魄……那个当年只有十岁半的男孩子眼中一下子充满了泪水。我想"文革"中那些打砸抢的红卫兵和法国大革命时期的暴民以及后来纳粹时虐犹的纳粹少先队实际上是一样的。

那是一个炎热的下午。附中、附小的老师们被红卫兵赶到了操场上。在"革命教师"刘某某地教唆下，这些给我们传道、授业、解惑的老师们被红卫兵排成了一个大圆圈，开始了无尽头的苦难行程。每位老师被命令全力殴打前面那位老师，红卫兵则在旁边看乐儿。如果哪位老师不打，他们上去就是一顿拳打脚踢。这一瞬间在展示了人类最丑陋一面的同时，又展示了人类最美好的一面：一些老师宁可自己身受毒打，也不去打，或不使劲打前面的老师。我不知道红卫兵为什么会这么做。与严刑拷打、搞刑讯逼供不同，这些暴行是没有什么目的性的，除了（也许）满足他们一点虐待狂的心理或生理上的快感罢了。我真的不知道究竟是什么东西把天真的孩子变成了野兽，使他们完全丧失了人性？！

需要指出的是，当政的法国革命者对这些屠杀负有不可推脱的责任。丹东自己虽然没有举起屠刀，但他是有能力和威望阻止这种毫无人性的血腥屠杀的，但他什么也没做！马拉在他的文章中煽风点火，直接鼓动民众用暴力杀死一切爱国王的人。实际上，屠夫们离他的要求还有差距：他是要求要砍下两万脑袋来的！我认为马拉由于长期的地下生活及严重的皮肤病，使他的精神出现了问题的。可悲的是，一个国家的舆论此时竟是由一个疯子来主导！至于罗伯斯庇尔，不要和我提起这个卑鄙小人！这个充满了权力欲的阴谋家一步步把法国革命引上歧途。为了能达到权力的顶峰并待在那里，他用无数人，最后甚至包括他的革命同志的鲜血去染红他的红顶子！他可真是我们当年那位"有了政权就有了一切，没有政权就丧失了一切"的副统帅的"革命先驱"啊！

现在轮到路易十六了。国会开始辩论如何惩罚路易十六。山岳派要求处死企图叛国的反革命者路易十六。吉伦特派则认为只要国王还被关着就不会对法国革命造成危害，不必要把国王处死。1793 年 1 月 16 号至 17 号，所有的国会议员被赋予投票的机会和权力来决定路易十六的命运。没有比这一投票结果更接近的了：721 位议员，361 票死刑，360 票反对。一票，仅仅一票！它就决定了国王的生死。

1 月 21 号，路易十六被推上囚车走向"革命广场"，也就是今天的"协和广场"（de La Concorde），超过两万人拥挤在广场上来目睹这一历史事件。国王在行刑前，要求鼓手停下来，然后对民众们讲："法国人民，

路易十六被处死

我是无辜的。对我所提出'希望法国人民流血'的指控是谎言（我个人同意他的话）。我宽恕那些决定处死我的人。我向上帝祈祷，希望他的惩罚不要落到法国及你们——不幸的人民头上。"路易十六的头被砍下示众，人们高呼："革命万岁！""共和国万岁！"在几英里外的监狱焦急等待中的王后从人群的欢呼声中，知道了她丈夫被处死的消息。她昏了过去。几个月后，1793年10月16号，王后自己也被处死。当刽子手扶着她走上断头台，她轻声向被她不小心踩了一脚的刽子手道歉。"咔嚓"一声，延续了上千年的法国王朝结束了。

很多议员，大多数的法国人民，希望随着国王被处死，血腥暴力也会结束，人民将得到他们梦寐以求的自由、民主和幸福。上帝，他们错了！他们错得离谱。在接下来的日月中，等待法国人民的是更多的血腥暴力，是专制，是恐怖。

路易十六被处死，使欧洲所有的王朝政府感到了威胁。一个月之内，英国、荷兰及西班牙先后加入了奥地利、普鲁士一边反对法国革命政权。在法国内部，特别是巴黎以外的农村，很多农民并不喜爱共和政体而希望法国有一位国王。另外，作为天主教徒，广大农民也不能接受让神父必须向革命政权效忠的硬性规定。与此同时，极端分子在法国政府中开始占主导地位。极端主义代表罗伯斯庇尔主张以革命、爱国及自由的名义，立即实行恐怖统治。任何对政府不满，对政府政策不满或执行不力的，都必须被镇压下去。这就是世界近代史上著名的法国大恐怖年代（从 1793 年 9 月至 1794 年 7 月）。1793 年春天，雅各宾山岳派从吉伦特派手中夺过政权。尽管丹东曾试图让两派走到一起成为联合政府，但山岳派的其他领导人像罗伯斯庇尔、马拉等却管吉伦特派叫叛徒。他们鼓动："敌人就在我们中间，反革命就在国会中。他们是叛徒，是忠诚于王朝的保皇党。只有把他们消灭掉，革命成果才能保住。"他们把革命政权，特别是公安委员会变成了绝对独裁的专政机器。到了 6 月份，22 个吉伦特派在国会中的领袖被逮捕，整个革命政权继续向左转。7 月，马拉被来自诺曼底的同情吉伦特党人的青年女子暗杀了。马拉立刻成了革命烈士，以罗伯斯庇尔为首的极左势力利用这一事件进一步打击吉伦特派，并把整个国家带向恐怖。在农村，革命政权把成百上千的被认为反对他们的农民送上断头台。在南特（Nantes），2000农民甚至被直接推下河淹死。很多村庄整个被炮火摧毁，从地图上抹去。在城市，罗伯斯庇尔和他的死党们成立了革命法庭。神父如不宣誓效忠政府，杀！谁戴白三角帽（忠于王室的象征），杀！对政府不满，或对任何一位政府官员、议员不满，杀！谁发表了对政府政策质疑的评论，杀！最令人发指的是一个人如果为被革命政权处死的亲人（丈夫、妻子、儿子等）悲伤落泪，他也将会被处死！

为了发现藏在人民内部的潜在敌人，无数特务、告密机构，如雨后春笋般建立起来，鼓励人民举报任何对政府不满的人。一个卑鄙小人偷听了他的邻居告诉自己妻子路易十六是一个好人，举报了上去。这个丈夫立即被逮捕并很快被处决。一个女犯人被处死只是因为她与一个雅各宾议员的妻子发生了口角。你甚至什么都不做，只是没有公开地表示出对革命的热情支持，就会被打成反革命被处死！无数平民百姓被逮捕、杀害，完全是由于邻居或同事的羡慕嫉妒恨造成的。草菅人命的事例到处都是。有一个女犯人被从监狱提出来送上法庭判决、处死。提出来后，发现名字搞错了，应提出的是另一个名字相近的人。当这个女犯人提出抗议时，负责的官员却平静而又随意地告诉她说："既然把你提来了，那就是你吧。不用费事再送回去了。"

革命政权先是处死贵族。所有贵族被杀后，再处死农民，处死城市平民。最后，他们开始处死他们自己的革命同志了。丹东开始意识到近来这些恐怖活动是错误的。而且，他有这个勇气在国会中讲出来。因为丹东说出了别人想说而不敢说的话，他被认为太温和而遭到逮捕。在罗伯斯庇尔及极端派同党的阴谋操作下，丹东在没有经过任何正常法律程序的情况下被判处死刑。1794年4月5号，丹东和支持、同情他的同志共18人被推上断头台。一位与丹东一起被处死的同志在赴刑场的路上大声呼喊："同胞们，他们在欺骗你们。他们在牺牲你们的公仆。我的唯一罪行就是我对丹东不公平的判决落泪了！"丹东是18个人中最后一个被处死的。当一个同志临刑前与丹东作最后的诀别而被刽子手粗暴地分开时，丹东说："当我们的脑袋都被砍下来后，你不可能防止我们的头颅在篮筐中挨在一起！"据记载，丹东一生最后一句话是："让人民看看我被斩下的头颅吧。它是值得一看的。"

如果丹东可以被杀，在法国任何人都是不安全的。大多数议员开始意识到这一点。1794年7月26号，当罗伯斯庇尔到国会宣布他知道在政府及国会中又有新的敌人了。他有一个名单，准备开始新的一轮大清洗的时候，一群国会议员们终于鼓起勇气向罗伯斯庇尔发难。国会议员 Pierre Joseph Cambon 冲上讲台："在我被打成敌人之前，我要对法国说，现在是每个人都知道事实真相的时候了。有一个人使整个国会、国家都瘫痪了，这个人就是罗伯斯庇尔！" 当罗伯斯庇尔试图反扑时，他的话被响彻大厅的 "打倒独裁者" 的口号声淹没。一位代表大喊："丹东的鲜血会憋死他的！" 罗伯斯庇尔被逮捕。当丹东被判处死刑而意识到罗伯斯庇尔是这一系列阴谋背后的黑手时，丹东冷静地宣称："罗伯斯庇尔，你会跟随我上断头台的。" 丹东的预言应验了。就在丹东死后三个月，7 月 28 号，罗伯斯庇尔在人民的欢呼声中也被推上了断头台，恐怖时代随之结束。以后，军队的角色越来越重。而当拿破仑上台并最终成为皇帝，法国革命也就结束了。拿破仑在军事上是千年一遇的天才，但在政治上却是跳不出君主制俗套的侏儒。

在凡尔赛宫中，望着拿破仑登基的巨幅油画，我百感交集。历史实在是和法国人民开了一个残酷的大玩笑。封建王朝被推翻了，国王、王后上了断头台，但最后皇帝又来了；法国人民要求自由、民主、平等和幸福的生活，但在打着自由、民主、平等旗帜的革命政府的统治下，人民反倒失去了自由，失去了民主，失去了平等！如果平民的妻子因为和官员的妻子发生口角就得掉脑袋；如果老百姓中告密举报成风，每个人都得提防自己的邻居；如果 "政见不同，宛如仇雠"，仅仅因为观点道路不同，就必置持不同意见者于死地；如果人性已经麻木，老百姓的日常娱乐只剩下了全家一起到广场上看砍头；如果革命最终只是由皇帝取代了国王，你不能不去认真地思考一下这样的革命是不是走错了路。

我们在卢浮宫和凡尔赛宫都看到了这幅著名的油画

　　流连于凡尔赛皇家花园，我在思考着。也许，法国大革命就像一句著名的美国谚语所说："Everything could go wrong, went wrong."（凡是可能出错的地方，都出错了。）而你也实在是很难找出一件事，或一个人来归罪之。无数因素在一次次关键时刻凑到了一起，走成了今天我们所知道的法国大革命。

　　牧仑兄在和我讨论法国大革命的经验与教训时，曾经做出了一个冷静的观察："法国大革命几十年中，其实是没有领袖的。"确实，在法国革命的整个过程中，从来没有一位高瞻远瞩的领袖人物站出来，有计划、有勇气、有头脑、有智慧地带领法国人民走出困境，而国家也因此堕入由暴民主导的混乱。

凡尔赛皇家花园

　　当政的法国王朝领导人路易十六可以被称为一个好人，但绝对不是一个好的领导人。路易十六其实是一个普通人。他体型稍胖，不太协调。在内阁会议，甚至国宴上，他会打瞌睡。他是一个诚实的人，并对法国人民怀着怜悯之心。在法国近千年的国王中，他是很同情下层民众的一个。路易十六从来没有想当国王的愿望。实际上，当路易十五去世，他继承王位时，内阁大臣撞见他和年轻的王后相拥而泣："保佑我们吧，上帝！我们太年轻了，怎么统治这个国家啊？"他热衷于修表、修锁等工艺。如果他出生在一个普通人家，他会是一个很好的工匠，而且很幸福！然而，上苍却让他在这个历史关头出生在了帝王之家。作为2700万人口大国的领导人不是一个容易的工作。而路易十六对这一工作既无兴趣也无能力。他的诚实使他显得短视和不知妥协；他的羞怯使他显得傲慢和不好接近；他优柔寡断并缺少判断力，使之过多地依赖于他周围的贵族们（这是当时人民坚持他离开凡尔赛与民众一起返回巴黎的主要原因）；而当他必须做出决断时，他的左右摇摆又往往使最坏的选项被挑中。而最为重要的是，他没有历史观，没有率领法国进行和平政治改革的雄心和勇气。我不能想象这么一个软弱的人会像圣路易那样禁止他的妻子干政；或者像亨利四世那样把自己最好的朋友牺牲处死；像路易十三那样不惜以战争对付自己的母亲，流放自己的兄弟！自始至终他总是被动的，推一把，动一动，进一步，退两步，从来没有把主动权放在自己手里。他的无为再加上一次次的错误，最终导致局势的不可挽回，主动权落入极端分子之手。这是路易十六个人的悲剧，也是法国的悲剧。

一般来说缺少判断力的君主是很容易被周围的人左右的。而对他影响最大的莫过于他的妻子——王后（Marie Antonintte）。王后是奥地利人，当她来到法国的时候，她只有 14 岁。而她与路易十六的婚姻完全是一场政治婚姻。她漂亮，优雅，精力十足，充满野心并极爱参政。她和其他贵族是路易十六增兵凡尔赛从而激化矛盾的主要推手。因为财政大臣奈克（Jacques Neker）减少开支，影响到她的奢侈消费，她一手造成了奈克被罢免。她和路易十六的弟弟是国王逃跑的主要策划者。她喜爱奢侈。在每一个正式场合上她的发型都有创新，而她的发型立刻成为贵族们追逐的时尚。她每年花去国家的巨大财富买珠宝、服饰、鞋，而她的住所每年要用 50 万法郎装修，从而在全国民众中得到了"亏空夫人"（Madam Deficit）的称号。她虽然不是国家亏空的唯一原因，但却是王室挥霍的象征。她的傲慢与高高在上是有名的。最有名的就是当听到巴黎人民没有面包吃的时候，她说："那让他们去吃蛋糕呵。"这让我不由得想起了中国历史上那个听说人民多被饿死竟问为什么不吃肉粥的笨蛋白痴——西晋惠帝司马衷。有的历史学家认为她实际上并没有说过这话，而是革命者编造的。但从当时绝大多数人都相信她讲过这一点看，她的高高在上，她的奢侈，她的脱离民众，确乎是太不得人心了。这么一个聪明的少女，如果在今天可能是一个很好的时装设计师，可能会活得很好，很幸福。但作为政治家，作为国后，作为国王的政治顾问，她是不称职的。这是她本人的悲剧，也是法国的悲剧。

至于那些贪得无厌、鼠目寸光的法国贵族们，我对他们毫无同情心。他们已经得到了社会的巨大财富、政治地位、优势，与民众相比根本不在一条起跑线上。但他们不与国家分担一点财政负担，阻止任何一项让民众分享一点基本权利和好处的改革企图。他们实际上绑架了国王，对于任何民众争取权益的举动只知道镇压，再镇压。为了保住他们的既得利益，他们已到了疯狂的地步。他们是那么愚蠢、短视，不懂"皮之不存，毛将焉附"的道理。王朝如果不改革，最终灭亡了，危巢之下，岂存完卵？他们也会失去一切的！事实上，当暴力革命到来时，首先倒霉的就是他们。一家家贵族男女老少被推上断头台。以至大革命结束后，法国已无贵族！

在革命者一边，同样也犯了一连串的错误。他们中没有头脑清醒的领袖，不懂得有理，有力，有节。他们坚持国家干涉人民信仰，要求神职人员向国家效忠，这是一直与革命政权合作的国王最终同意逃走的原因。他们主动向奥地利宣战，后来又向英国、西班牙、意大利宣战，四面树敌；而包括处死国王、王后等一系列极端措施只能激化矛盾，使国家的处境恶化。革命被极端分子所绑架，从左走向更左，越来越左，以致走上与人民为敌、专制集权的恐怖政治之路。

巴黎著名的香榭丽舍大道一头连着凯旋门，一头连着协和广场。这就是当年处死国王、王后，处死成千上万人包括丹东、罗伯斯庇尔的革命广场。望着一群群自由休闲的法国人，我在思考着，法国大革命走上了这么一条铁血的不归路是不是还有更深刻的原因？

法国是一个非常浪漫的民族，法国人追求完美。浪漫主义文学、浪漫主义艺术、浪漫主义爱情都是很好的，但浪漫主义政治就未必了。以卢梭为代表的法国思想家为人民描绘了一幅自由平等的美好未来的图画。但

协和广场

实际上，他们的很多理想都是超越现实的空想。一些想法即便在 200 多年后的今天还不现实。以这些幻想作为目标的政治又怎么可能有好的结果呢？

政治实际上是一种现实主义的艺术。而在政治上最忌讳的，就是让浪漫主义来主导具体的政治议题。因为社会生活具有多样性，而人类诉求具有复杂性。政治上的浪漫主义不愿面对多样性、复杂性的现实世界，而这又必然导致绝对主义、极端主义的盛行。因为他们追求一种一致和完美的理想目标，必然充满了非红即黑的是非观，一定要把门户之见当做划分敌友的根据，而决不能允许别人有自己的想法、目标。到了最后，即便是目标一致，但在走什么样的路到达目标，用多快的速度到达目标的问题上如果与他们不一致也一样会被扣上机会主义路线的大帽子而受到清算。

多年来，法国革命的彻底性一直都是被作为正面东西来宣传的。记得 1978 年我在工厂准备高考时，母亲还专门向我强调了把路易十六推上断头台的法国革命的彻底性与英国革命的不彻底性之区别。然而今天在我看来，与法国不妥协的革命模式相比，英美的那种相对温和，不赶尽杀绝的革命模式是不是更加合理一些呢？英美的经验主义传统强调在社会互动中尊重多样性及复杂性，认为这对人类社会进步，特别是改善社会互动规则是重要的。这一模式把一种对抗的游戏变成了一种导致双赢合作的游戏。这种妥协性强调所有参与方全都作出适当的让步，这也许就是避免血腥暴力革命，最终走出改朝换代怪圈的一条出路。在法国浪漫主义政治中，社会多样性和复杂性是被贴上不合理的标签的。而为了达到完美的理想，现实世界中的多样性和复杂性成了可以牺牲或者是必须牺牲的东西。为了远大的美好目标，个体生命可以损失，个体自由可以受限，个体权利可以被剥夺。结果怎样？这样一种浪漫主义、极端主义政治便很容易被极权主义野心家所绑架。在近现代政治史上，我们看到了太多的这种野心家以此类社会整体设计为诱饵，给人民画一个大饼欺骗人民，像狼外婆一样告诉人们："一直往前走，不要往两边看。走过去你就会融化在那蓝天里……"而当他们一朝取得绝对的专制权力，便立刻露出狰狞的本来面目，把整个社会及全体人民踩在脚下。德国希特勒以及纳粹政治，就是这种革命模式的最好代表。

我不太推崇暴力革命，而更偏爱于政治改革。因为利用暴力革命篡政夺权取得天下的，等他自己上台后，往往比前一个政权更专制，更反动！对此，我们在历史上看到的还少吗？当然，政治改革并不容易。因为革命是革别人的命，是把别人的东西变成自己的；而改革却是革自己的命，是把自己的东西拿出来与别人分享。这要有更大的勇气、智慧和胸怀。今天，我们的祖国正处于一个历史的十字路口上，我由衷地祝愿我的祖国政治改革能够成功。

# 拿破仑纪念堂

在我们旅馆向北不远，就是法国军事博物馆。在博物馆的后身，就是安葬着拿破仑的拿破仑纪念堂（Napoleon's Tomb）。拿破仑在法国、欧洲，甚至是世界近代史上，都可以算是个家喻户晓的人物。比如马克思就认为拿破仑是真正的英雄："拿破仑在法国社会中创造了自由竞争的环境，使桎梏的国土被开发，使被解放的国家能源得到使用；在国外，他把整个欧洲的封建制度打得粉碎，把一个个封建王朝扫荡一空。"在法国七次面对多国联盟的战争中，拿破仑和他所统率的法国军队无数次以少胜多、以弱胜强，因而被公认为世界军事史上最伟大的军事家之一。在全世界，即便在今天，你只要做出把右手插进前胸的衣服中的姿势，每个人都会告诉你这是拿破仑的标准姿态。

拿破仑·波拿巴（1769—1821）出生于法属地中海上的科西嘉岛，他的父亲是路易十六时代代表科西嘉的议员。尽管他从小就上法文学校，但终其一生他的法语中还是带有很重的意大利口音。他毕业于我们所住旅馆附近的法国军事学院。虽然他的法语有口音而且拼写也不好，但是正如一位教官在评语中所说，"他在数学、历史及地理等方面却是出类拔萃的。"他是头一个从这所法国最高军事院校毕业的科西嘉人。在法国革命战争期间，年轻的拿破仑显示出他的军事天才，特别是在土伦战役中，他所提出的占领一个高地，并从那里炮击港口英国军舰，进而一举攻占土伦的战略战术使他在 24 岁即晋升为炮兵准将。在罗伯斯庇尔垮台之后，拿破仑也受到牵连而被捕入狱（罗伯斯庇尔的弟弟与拿破仑是好友）。虽然最后法庭判定拿破仑

拿破仑像

无罪，但他的意大利方面军炮兵司令的职务还是丢掉了。在巴黎赋闲的日子里，拿破仑流连于剧院及上层沙龙。也就在这里，他结识了美丽的约瑟芬。她的前夫是一个贵族将军，在法国大革命的恐怖时代被送上了断头台。拿破仑疯狂地爱上了这位比他大6岁，已是两个孩子的母亲，美丽、优雅的贵妇人。1795年10月4号，坐在巴黎费多剧院一个包厢里的拿破仑突然收到法国革命政府五人最高执政委员会的会议邀请。这一邀请改变了拿破仑以后的人生道路，也改变了法国历史的进程。原来最高执政委员会得到情报，一群保皇党阴谋家计划发动军事政变，以武力推翻法国革命政府。阴谋家们的军事实力远远大于政府的力量，政府军队在巴黎只有区区5000人，但保皇党却有三万部队之众，敌我力量悬殊之比为6：1！负责扑灭保皇党叛乱、位列五人最高执政委员会的巴拉斯将军想起了一个平时沉默寡言、面色苍白的小个子将军——拿破仑。巴拉斯的直觉告诉他这个年轻的炮兵将军有办法帮助他渡过难关。会议上，拿破仑在搞清楚政府所面临的形势之后，整整思考了半个小时。最后，拿破仑向最高执政委员会表态："法国革命成果必须得到保护，即便这意味着流血！"拿破仑只有一个条件，在即将开始的战斗中，他不受任何辖制，拥有绝对的行动自由和指挥权。最高执政委员会同意了。10月5号凌晨1点，拿破仑派得意部下骑兵中尉缪拉（后来成为拿破仑最初晋封的十八元帅之一）按照前任城防司令指出的地点拉回了 40 门大炮。拿破仑把这些大炮直接布置在政府大厦前面。早上 5 点叛军试探进攻，5 小时后总攻开始。人数占绝对优势的叛军排成密集队形，有恃无恐地沿大街向政府大厦冲来。拿破仑早已命令所有大炮全部装填上射程近但杀伤力极大的散弹，当叛军到达能够被看清楚眼睛的近距离时，他冷酷地下令大炮对敌人直接抵近射击。成百的叛军被炸得血肉横飞，这是一场血腥的屠杀。在 1400 名叛军被击毙后，保皇党叛军溃逃，法国革命政府被解救了。拿破仑成为三星将军并被提升为法国内卫军司令。几个月后，26 岁的拿破仑被任命为统帅 35000 名将士的意大利方面军司令。在拿破仑与约瑟芬结婚两天以后，拿破仑奔赴意大利履新。

意大利方面军的将军们一开始并没有把这个资历比他们浅的暴发户当回事，甚至相信谣言怀疑他的提升是靠约瑟芬的裙带关系。然而，拿破仑很快就树立起自己的权威。据传拿破仑曾经在一次争论中对一位比他资历深的下属将军说过这样的话："将军，你的个子整整比我高出一头。但如果你继续争论而不服从我的指挥的话，我会立刻取消这个差别。"一位将军后来告诉别的同僚："这小子冷酷的灰色眼睛令我不寒而栗。"拿破仑对普通士兵极好。他是非常好的鼓动家。他的讲演激动人心，能极大地提高士气。不过，最能提高士气和获得下属官兵们拥戴的方法只有一个，那就是"胜利"！一改过去法军在欧洲各战场屡战屡败的纪录，拿破仑的军队在人数、装备都处劣势的情况下，在六天里连续取得了六场胜利。一位奥地利的将军抱怨："这个小杂种从左边打，从右边打，从前面打，从后面打；白天打，晚上还打。他完全不按规则打仗！"拿破仑在这时就表现出了无与伦比的军事直觉和出类拔萃的军事天才。他的机动灵活的战略战术令所有的对手胆寒，而他所创造的步兵、骑兵、炮兵协同作战的战法为当时所仅见，他的快速机动、在短期内集中兵力于一点，从而在局部形成绝对优势打击

拿破仑于阿赫高乐桥战役中打着军旗率队进攻

两部队结合部的策略与林彪的"一点两面"、"四快一慢"等战术有共同之处。在著名的阿赫高乐（Arcole）桥战役中，当两次主攻失败，法军伤亡惨重，军心动摇之际，拿破仑一方面冷静地委派下属从上游乘船渡河，迂回敌后，一方面手擎战旗，亲自率军从正面桥上强攻。两位与他并肩冲锋的副官饮弹丧命，而令人不可思议的是这个亡命徒自己却奇迹般地生还，而法军也最终赢得了这场战役的胜利。1796 年 11 月，法军占领了威尼斯并缴获了两艘还在船坞中的有 44 门舰炮的新军舰。其中一艘被法军命名为 Muiron，以纪念在阿赫高乐桥战役中牺牲的拿破仑的一位副官。1799年当拿破仑逃过英国皇家海军上将 Horatio Nelson 舰队的封锁，从埃及返回法国，乘坐的就是这艘军舰。

拿破仑的军队在意大利总共打了 67 场战役，全胜！法军俘获了 15 万奥军，缴获了 540 门大炮、170 面军旗。最重要的是，拿破仑挟意大利连胜之威，与奥地利谈判，一举签订了《坎波福尔米奥协议》（Treaty of Campo Formio），从而打破了第一次反法多国联盟。1797 年 12 月，当拿破仑重返巴黎的时候，他已经成为了举国皆知的国家英雄。

如果说拿破仑是一位军事天才的话，他的政治才华以及搞阴谋诡计的本领也很快显示出来了。1799 年 10 月从埃及返回法国之后，拿破仑立刻意识到法国当时微妙的政治形势可以让他有机可乘：法国当时政局动荡，在 5 人最高执政委员会中竟有 3 人在密谋推翻合法的现政府。巴拉斯正在与流亡国外的法国路易王朝眉来眼去，有意帮助路易王朝重获天下，他开出的价钱是 1200 万法郎。与此同时，执政埃马努尔·约瑟夫·西哀士（Emmanuel Joseph Sieyès）和执政杜科（Roger Ducos）也正在计划搞一个政变。他们打算在推翻现政府之后，建立一个更强势的右翼共和政府。西哀士想到了这个刚刚从埃及回国的拿破仑。西哀士相信在得到这个传奇式的将军的帮助下，他就可以实现窃国的梦想。他太天真了。拿破仑一面答应西哀士，许诺帮助他政变，一面和他的兄弟——凭借拿破仑的威望当上法国议会下院议长的吕西安（Lucien）一起策划着一场政变中的政变：野心家现在"偶尔露峥嵘"了。他们散布谣言称雅各宾左翼恐怖主义分子正准备暗杀议员们，因而必须任命拿破仑统率整个巴黎卫戍区军事力量，保护议员们；西哀士和杜科一起把巴拉斯劝退，再把另外两位不情愿的执政软禁，政变按照阴谋家们的计划在一步步实现了。然而，当议员们真正看到他们被要求通过的新政府人选及新宪法时，他们意识到自己上当受骗了。拿破仑不是来保护他们的，而是来当他们的主子的！议员们愤怒了，他们群情激昂地谴责独裁者，要求宣布拿破仑不受宪法保护！一些议员跳上桌子，更有激进的议员上去拉扯、推搡拿破仑。最后，拿破仑和吕西安在卫兵的保护下才得以平安地回到院子。吕西安对士兵们宣布极少数的个别激进议员用匕首绑架了议会，他们的将军面临生命威胁。士兵们在缪拉将军带领下，端着上了刺刀的步枪，在战鼓声中跑步入场。一些议员跳窗逃跑，但更多的议员则被士兵们包围起来，在身后刺刀的威逼下，他们乖乖地被迫选举了以拿破仑为首席执政的新三人执政委员会（拿破仑、西哀士和杜科），被迫通过了给予首席执政绝对权力的新宪法。拿破仑拥有了任免所有军政要职的权力，从而掌控了国家机器枢纽。而最重要的是，他可以直接指定参议员和人民代表（下院议员）。这样一来，议会、人代会就成了橡皮图章，成了装饰品。西哀士这时才意识到请神容易送神难啊！他想利用拿破仑，但到头来他自己反被拿破仑利用了。拿破仑不久后又成了终身最高执政。1804 年 5 月 18 号，拿破仑把罗马教皇请到了巴黎，登基大典在巴黎圣母院举行。在教皇的主持下，拿破仑最终成为皇帝。

　　拿破仑称帝的行动使许多一直对他充满了希望的自由知识分子幻想破灭，他们中最突出的代表就是 18 世纪末 19 世纪初伟大的音乐家贝多芬。贝多芬曾经是拿破仑的崇拜者，他所创作的著名的《第三交响曲》实际上就是专门为拿破仑所作的，并以"致波拿巴"为名。当听到拿破仑称帝的消息时，据贝多芬当时的助手回忆，贝多芬暴怒了，他厌恶地一把撕掉了已经完稿、装潢精美的《第三交响曲》的封面。贝多芬是那么地失望："他把自己降格成了一个普通的凡夫俗子！现

在，他成了另外一个高高在上的君主，成了一个凌驾于
人民之上的独裁者，要把人权践踏在他的脚下。"最终
面世的《第三交响曲》的标题如今已经变成了"英雄交
响曲，纪念一位（已经故去的）伟人"。在贝多芬的眼
中，他心目中的那位伟人已经死了。1821 年，当贝多
芬听到拿破仑逝世的消息时，他非常地悲伤，说道："17
年前，我已经为这一悲哀的日子写好了我的作品。"他
指的是《第三交响曲》第二乐章——《葬礼进行曲》。

贝多芬《第三交响
曲》的手稿被保存了
下来。在被修复的封
面上，我们可以看到
"致波拿巴"的标题
被贝多芬用笔划掉
了。

《第三交响曲》被修复的封面

罗马不是一天建
成的。如同所有的独
裁者一样，拿破仑也
是一步步地走上独裁之路的。在这条通往专制集权的
大道上，发生了一起不大，但意义非凡的事件，这就
是在拿破仑的授意下绑架、秘密处决当甘公爵（Louis
Antoine de Bourbon）事件。1804 年，拿破仑得到情
报，年轻的当甘公爵参与了试图推翻拿破仑政权的阴谋
计划。后来事实证明当甘公爵根本没有见过这些阴谋

者，没有秘密地来过法国，也不是阴谋集团的一分子，完全是无辜的！但是拿破仑出于对这位年轻公爵能力及威望的惧怕，虽然他也知道这是非法的，但拿破仑还是亲自下达了把公爵绑架回国的命令。

秘密处决当甘公爵

拿破仑虽然已经发现了这是一个姓名搞混了的错误，但是拒绝纠正它。公爵仍然被推上临时组成的 7 人军事法庭。不过，就像先打上一枪再在弹洞上画一个靶子一样，公爵的罪行现在改成了"有意参加反法联盟，武装反抗祖国"。1804 年 3 月 21 号，当甘公爵在巴黎附近的一个城堡中被秘密处决。拿破仑的哲学是，即便是不合法，但只要动机、结果是好的，这就不是犯罪。这个理论是非常荒谬的，就连他手下的警察头子都说："这实际比犯罪更糟糕，因为这是一个错误。"拿破仑这种草菅人命，无视司法独立性，先枪毙、后审判的蛮横做法只有在专制集权的政体下才能发生。这仅仅凭怀疑就置人于死地，宁杀错、不放过的态度让我想起了用"莫须有"之借口处死岳飞的秦桧；想起了国民党"宁可错杀一千，决不放过一个"的大屠杀；想起了红军在苏区以抓 AB 团为由搞的大规模血腥整肃；想起了康生在延安搞的编造特务罪名、杀害犯了"思想罪"的王实味等自由知识分子的肃反运动……拿破仑的这一错误一直困扰了他一生，而直到去世，他也没为此认过错。在他的遗嘱中，拿破仑还在为自己的行动辩护："为了法国人民的安全、利益和荣誉这是必须的。如果一切都重来一遍的话，我还是会干同样的事。"真是死要面子活受罪！我不懂为什么这些独裁者就是不能，或者不愿意承认他们所犯的错误呢？即便你是个伟人，你也是一个"人"，不是神，而只要是人你就会犯错误。也许他自己就认为自己不是人，是神，或者怕人民知道他不是永远正确的神；也许他就是要造成这么一个效果：你们不是要策划暗杀我吗？我就随便找出个人来宰了"杀鸡儆猴"，让你们知道知道我的厉害；也许他就是要让天下人都知道"顺我者昌，逆我者亡"，没人敢站出来反对他很快就要开始的称帝计划。至于什么"为了法国人民的利益"的说辞更是无稽之谈，是不是真的，大概也只有他自己心里清楚了。其实，就是从巩固拿破仑政权稳定的角度看，这一绑架、暗杀行动也未必是一个聪明之举。这一处决行动震惊了整个欧洲，以前还对拿破仑存在幻想的国家，从此也彻

底死了心，进而一而再，再而三地组成反法多国联盟
（先后有整整七次反法联盟），不把拿破仑搞掉誓不罢
休。我个人认为，拿破仑的这一行动是被想当皇帝的
野心冲昏了头脑，为称帝所搞的"胡萝卜加大棒"中
的"大棒"。

在通往独裁之路上，拿破仑的舆论工作也做得很
好。拿破仑是一个出色的宣传家，他控制着两份报纸，
一份是军报，面向军队；另一份则是以法国广大人民
为对象的，即便他在国外打仗，他的英雄事迹也会在第
一时间传回国内，从而使他在人民中威望极高。拿破仑
的部队总是有画家随军。每一次胜仗之后，都会有以拿
破仑为主要形象的绘画与法国民众见面。正像我们那位
"革命旗手"所喜爱搞的"三突出"、样板戏一样，拿
破仑也热衷于对艺术作品指手画脚，特别是对能够突出
他的伟大形象的作品发表意见。他对一幅画中有多少人
物，哪些人物，每个人在什么位置、在干什么，甚至画
的尺寸都要干预！在这里，艺术已经变成他造神运动的
一部分，成了帮助他走向独裁的工具。几乎所有知道拿
破仑的人都记得大卫所画的那幅记录他骑着白马跨越阿
尔卑斯山的油画。然而，根本没有这宗事！实际上，拿
破仑是骑着一头骡子过山的。所以，保罗·德拉罗什
（Paul Delaroche）不为当时多数人所知的作品反倒更
近乎事实。

专制独裁往往是和军队领袖连在一起的，而军事首

跨越阿尔卑斯山的"真实的"拿破仑与"神话的"拿破仑

长也特别容易成为独裁者。这是军队自身所具有的特殊性决定的。在任何的军事行动中，只有整个军队步调一致，并绝对服从一个声音，才会有力量，才有可能夺取胜利。在瞬息间就可能是生或者是死的残酷条件下，士兵没有任何选择，只能无条件相信自己的首长，把自己的生命放在上级的手中才有可能死而后生。即便是在现代民主国家里，军人也在讲："我们是来捍卫民主（制度）的，不是来（在军队中）实行民主的。"拿破仑很会带兵。拿破仑的将军们穿着、装饰都非常华丽，但他自己却总穿着士兵服，非常俭朴，即使是当了皇帝之后，仍然让士兵们感到他是我们中的一员。拿破仑会问一个部队的指挥官谁是你们部队最勇敢的人？当指挥官叫这个士兵出列后，拿破仑会下马，走上前亲自把勋章佩戴在那个士兵胸前。这对这个士兵以及其他士兵会产生多么大的影响啊！当他在路上遇到从前方撤下来的装载伤兵的大篷车时，他会给伤兵让路，并向伤兵敬礼。这些无比感动的普通士兵们对他们的将军、领袖无限爱戴，宁愿跟着拿破仑去下地狱。

当然，最能获得士兵和人民拥护的方法还是拿破仑百战百胜的纪录。和我们北邻那位已故的、被誉为"慈父般的领袖，百战百胜的统帅，民族的太阳"的领袖爸爸元帅不同，拿破仑的"百战百胜"是真正的百战百胜。终其一生，除了晚期入侵俄国以及破釜沉舟的滑铁卢之仗以外，我不记得拿破仑打过任何败仗。1805 年 8 月，当拿破仑陈兵数十万于英吉利海峡，连英国的母亲们吓唬不听话的孩子时都说："别闹了，你再调皮拿破仑就来了！"

在拿破仑所有的胜仗中，奥斯特里斯之仗（The Battle of Austerlitz）毫无疑问是他一生所打的最辉煌、最精彩，也是最得意之战。这一战又被称为"三皇之战"（法国皇帝拿破仑与俄国沙皇亚历山大、奥地利国王弗朗塞斯之仗），或者"拿破仑一天打败了两大帝国之仗"。拿破仑对整个战略形势的清醒认识，他的高瞻远瞩、审时度势，使他在这场危机四伏而又扣人心弦的象棋赛中进退有据，没走出一步臭棋；他对敌军主帅心理的洞若观火，堪比奥斯卡最佳男主角的演技，把 28 岁的年轻、英俊而又傲慢的俄国沙皇亚历山大玩于股掌之中；至于他对战场地理环境的熟悉，在战斗中的战术机动恐怕孙子、诸葛亮复生也会为之击节叫好！

战役开始之前，整个战略态势不利于拿破仑。奥地利和俄国已经结盟，在乌尔姆之战中溃败的奥军得到了俄军的增援。整编在一起的俄奥联军（70% 为俄军）在兵力上远超法军，并统一在俄国久经沙场的独眼老将军库图佐夫统辖之下。普鲁士对法国并不友好，实际上普鲁士向法国递交最后通牒的特使已经来了，只是这家伙太狡猾，想等等战争结果而没有立即把最后通牒拿出来。最重要的是法国现在支持部队后勤供给的补给线太长，而且冬天马上就要来临。如果拖延下去，对法军是极为不利的。一步走错，全盘皆输！拿破仑分析了整个战略态势，作出只有尽快与俄奥联军决战并战胜敌人才能盘活全局的战略判断。与此同时，库图佐夫将军也以他敏锐的洞察力发现了法军这一软肋。他下令联军作战略撤退，计划继续拉长法军的战线，全军撤至波兰与乌克兰边境一带。库图佐夫说："在加利西亚，我可以埋葬法军。"库图佐夫将军的战略计划并不为年轻的沙皇所欣赏。亚历山大渴望胜利，渴望光荣，渴望荣誉。他怎能理解在兵力、装备都占优势的条件下（法军在奥斯特里斯附近只有 53000 兵力，而联军有 89000 兵力）为什么要不战而退呢？拿破仑迅速抓住这一机会，对狂妄的沙皇展开了一场心理战。拿破仑画了一个圈，亚历山大就跳进去了。11 月 25 号，Savary 将军被拿破仑委派去联军总部谈判。Savary 的任务除了秘密观察联军的状态之外，最重要的就是向两位国王表达拿破仑希望停战及和平的迫切愿望。这一举动立刻被看作是法军脆弱的象征。27 号，当弗朗塞斯提出可以给予拿破仑豁免的时候，拿破仑表现出了极大的兴趣。在同一天，拿破仑命令 Soult 将军从奥斯特里斯镇，以及附近的战略高地普拉岑高地（Pratzen Heights）撤退，并在撤退中有意显示出混乱之态。联军迅速占领了这一战略高地。拿破仑提出要与亚历山大见面的请求。亚历山大派出了自己的亲信 Dolgorouki 伯爵去见拿破仑，而拿破仑把一个对前途不明，焦虑、犹豫不决的皇帝的角色扮演得惟妙惟肖，但又不过分。比如，他最后还是拒绝了亚历山大让他投降的提议。Dolgorouki 伯爵把他所看到的一切向亚历山大作了汇报，这进一步证实了拿破仑以及法军的脆弱。库图佐夫将军虽然是联军统帅，但完全失去了决定权。他对拿破仑行为的怀疑受到了亚历山大周围贵族将军们的讽刺、挖苦和嘲笑。联军计划按照奥地利军参谋长的建议，以主力从新近占领的普拉岑高地强攻法军薄弱的右翼，在冲破法军防线之后，联军将可以进而切断法军的补给线，然后再长驱直入，解放被法军占领的奥地利首都维也纳。早在战役开始之前，当拿破仑带领他的元帅们勘察未来的战场的时候，他就不止一次地告诉元帅们："先生们，仔细观察、记住这里的地形地貌。普拉岑高地将是我们未来的战场，你们都将在战斗中担任一定的角色。"

　　法军在右翼战线的确薄弱，但历史学家发现这与拿破仑放弃战略制高点普拉岑高地一样，全是他试图鼓励联军进攻自己右翼战线的陷阱的一部分。拿破仑判断当联军从普拉岑高地全力进攻法军右翼的时候，就会把联军中央部位暴露给法军。法军可以趁机从左翼进攻夺回高地，再从这里攻破联军中央防线，进而从后面包围联军。拿破仑讲："只要联军主力离开普拉岑高地，我将毫无疑问打败他们。"库图佐夫将军也意识到普拉岑高地的重要性，但是他派重兵把守高地的建议被年轻的沙皇否决了。与此同时，拿破仑命令驻在维也纳的 Davout 将军率领两个师的第三军精锐部队强行军 110 公里，必须在 48 小时内（12 月 2 号早晨）赶到战场，巩固右翼战线。联军做梦也没有想到，当战斗开始的时候，拿破仑的兵力已经从 53000 人增加到了 75000 人，薄弱的法军右翼战线已不再脆弱！

　　12 月 1 号战役开始前夜，拿破仑到部队看望第二天将会面对死亡的士兵们。第二天早上 8 点，联军主力就像拿破仑的部下一样，乖乖地听从拿破仑的命令，从普拉岑高地向法军右翼战线进攻了。联军一共组成了四个精锐攻击梯队冲击法军右翼。然而，Davout 将军的增援部队在 12 月 2 号凌晨战斗开始之前赶到了战场！联军对法军右翼的攻击陷入僵持状态。8点45分，拿破仑凭借他敏锐的军事直觉意识到联军的中央战线正在变弱，他问 Soult 将军他的部队需要多长时间从这里到达普拉岑高地山顶，Soult 将军回答："少于20分钟，先生。"拿破仑点了点头。他又等了15分钟，然后发出了进攻普拉岑高地的命令。在发出命令之后，拿破仑又对 Soult 将军加了这么一句话："给出你的全力一击，这场战争就结束了。"法军主力排成密集队形在浓雾中向普拉岑高地进发。托尔斯泰在《战争与和平》中所描述的那著名的奥斯特里茨的太阳出来了，驻守在高地上的俄军（尚未出发的第四攻击梯队）透过飘散的晨雾，惊恐地发现这么多的法军突然从天而降（或者对他们来说来自地狱），向他们走来。战役胜利的天平已经向法军一方倾斜。拿破仑立即把自己的指挥中心移到了刚刚被攻占的普拉岑高地。他满意地观察到战争的进程正按照他所预测的那样发展着：联军的处境非常困难，因为联军的总预备队——俄军皇家卫队已经投入战斗了。拿破仑站在高地之上掌控整个战局，根据形势变化发出一道道命令，而他的将军们则像他的延伸臂膀一样，准确无误地完成了拿破仑交予的一个个任务。必须承认，俄国大兵是非常强悍的，骁勇的哥萨克骑兵以一当五，战斗无比惨烈。可是，当他的统帅犯了致命的战略错误的时候，即便低级军官和士兵再英勇善战，再不怕死也无济于事。以两位皇帝为首的联军开始向不同方向溃逃。我们在这里再次看到了拿破仑冷酷的一面。当他看到一支联军部队试图穿过一个冰冻的湖泊逃跑时，他命令炮兵立即转移火力向冰面射击。溃逃的联军连同他们的大炮都沉入湖底，许多人被冻死或淹死。这已经和屠杀没有区别了……尘埃落定，拿破仑取得了全面胜利。法军伤亡9000人（其中1305人阵亡），联军15000人伤亡，另有12000人被俘，第三次反法联盟崩溃了。而更重要的是它对所有反对法国，或有意反对法国的国家造成了心理上的巨大冲击。屡战屡胜会使一支常胜军队产生一种"当今之世舍我其谁之概"的霸气，对敌军产生了一种不可言喻的威慑力。就像"魔术师"约翰逊及"天钩"贾巴尔当家时的湖人队，或者乔丹、皮本全盛时的公牛队，你的队和他们打球时你总不自信，别管领先或落后，你总不相信你的队可以赢。拿破仑的军队就有这种威慑力。

拿破仑的百战百胜对自己人民、自己军队的影响一点也不能被低估。当你的将军率领你打赢一场以少胜多的战斗时，你可能认为这是侥幸；但如果这种情况经常发生，成为了习惯，成为了自然，你就很容易崇拜、迷信、盲从你的常胜将军，相信"听他的话没错，他是芳草地的高大泉（全）"啊！在前途渺茫、困难重重的情况下，人们很容易相信命运，相信奇迹，情愿把自己的命运交给伟人，幻想他会带领我们、带领我们的军队、带领我们的国家走上通往幸福的康庄大道。

　　常胜将军对军人的心理影响最令人震撼的例子，莫过于拿破仑从第一次流放地、地中海上的厄尔巴岛重返法国，在进军巴黎的道路上兵不血刃，从路易十八手中重新夺回政权的遭遇了。1815 年 2 月 26 号，拿破仑乘船躲过了英国、法国海军的监视，在法国本土登陆了。他带领 600 名跟随他的志愿军开始了向巴黎的进军。3 月 7 号，在格勒诺布尔南面，拿破仑被路易十八派来的大军挡住了。拿破仑下马，他用望远镜观察了一会儿之后，下令全军枪口冲下，迎着对方的枪口继续前进。拿破仑背手挺胸走在头一排。

　　"第五军的士兵们，你们看到我了吗？"

　　"看到了！""看到了！"

　　"如果你想杀害你们的将军，如果你们中任何一个人想杀害你们的皇帝，开枪吧！"

　　目击者致死也不能忘记当时发生的那一幕：那些身经百战、流血不流泪的老兵们泪如泉涌，扔掉步枪，高呼着："Vive L'Empereur！"（皇帝万岁！）拥向了拿破仑。阻拦拿破仑的军事计划顷刻间瓦解，第五军立刻加入了他进军巴黎的队伍。拿破仑的队伍一路上越来越强大，一枪未放就走到巴黎，夺回了政权。这是多么强大的心理暗示啊！这不是在他的全盛时期，是在入侵俄罗斯失败，他被赶下台、流放之后。可是这些士兵还是甘愿跟着他下地狱！

　　拿破仑的百战百胜对他自己的心理影响也是很大

老兵们高呼"Vive L'Empereur！"（皇帝万岁！）拥向拿破仑

的。在罗马恺撒大帝之后，从来没有一个人像拿破仑一样打赢过那么多胜仗，控制了那么大的疆土，统治了那么多的人口。很少有人能对此处之泰然，拿破仑也不能。他的自我开始膨胀，大概也在相信自己是不可战胜的、是无所不能的。成天出生入死的人很容易迷信。就像他的将军们一样，拿破仑也一定迷信他在世界上可以为所欲为，做任何他想做的事。他希望能有自己血统的亲生孩子继承皇位，所以不听任何人的劝阻，与已经年过 40、没有给他生孩子的约瑟芬离婚，并与 19 岁的奥地利国王的女儿结婚。这是一个致命的、利令智昏的错误，后来历史演变证明，他在军事上惨败滑铁卢之前，已经在生活上陷入了滑铁卢，此后，命运不再垂顾这位狂妄自大的皇帝，厄运接踵而来，正迎合了独裁者最终必然是孤家寡人的历史定律。可惜，他对此觉悟得实在太晚。在他最后的岁月里，他自己也终于觉悟并承认了这一点，这是他所承认的很少的几个错误之一。拿破仑与约瑟芬的爱恨交集的罗曼史本身就可以写一本书！拿破仑是在厄尔巴流放小岛上得知约瑟芬去世的消息的。他把自己关在屋里，整整两天，不见任何人。已经走下了神坛的拿破仑，是否悟出了一些生命的真谛？他一直与约瑟芬的两个子女关系密切，甚至在与约瑟芬离婚之后也没改变。当滑铁卢之战失败后，在他马上又要走上流亡之路之前暂短而又宝贵的时间里，他没有陪伴家人，但与约瑟芬的女儿一起度过了 5 天。

他为了强化对英国的大陆封锁政策，入侵了西班牙。这是他犯的另一个错误。西班牙对他展开的人民战争使他非常吃惊：我是来把你们从封建制度中解放出来的，为什么你们反倒打我呢？法军在西班牙陷入游击战争的泥潭。游击战与正规战不同，只要你陷进去了，你就失败了。

拿破仑最大的失误就是对俄国的入侵。1812 年 6 月，拿破仑不听来自各方的一系列劝阻，率 60 万大军入侵俄国。然而，今天的亚历山大早已不是当年那个吴下阿蒙了。他把全部指挥权交给库图佐夫，库图佐夫将军拒绝与法军决战，在坚壁清野的同时，大踏步向俄国纵深撤退。法军为疾病、游击队、坏天气，以及过长的补给线所困扰，部队每天都有上千人的减员，但他们连俄军的影子还没看到呢！最后，1812 年 9 月 7 号，在莫斯科郊外法军终于可以与俄军交锋了，等待着他们的则是残酷的血腥之仗！44000 俄军与 35000 法军在这场大战中阵亡，而更可怕的是法军的胜利并不是像拿破仑所期待的那样具有"决定性"的。用拿破仑自己的话说："在我一生所打的所有战争中，莫斯科郊外之仗是最糟糕的一仗。法军证明了他们是可以打胜仗的；而俄军则证明他们是不可战胜的。"我必须说，拿破仑不知为何，此时已完全失去了他那与生俱来的军事直觉。这一仗就像街头的两个小混混儿，各自掐住对方脖子，不死不休，毫无任何军事艺术的美感可言。拿破仑到底还是走进了莫斯科，但俄国人是够狠的，他们把莫斯科烧成了一片废墟！俄国的冬天提前到来了，气温降到了零下 20 度，战马倒毙，士兵们冻伤、冻死。万般无奈之下，拿破仑下令全军撤退。俄军痛打落水狗，一路追击。11 月，当法军最后跨过贝尔齐纳河，离开俄国领土的时候，只剩下十分之一的人！

　　拿破仑不可战胜的神话被打破了！他自入侵俄国失败以后便开始走下坡路，最后导致了他第一次退位及流放厄尔巴岛。拿破仑在 1815 年搞的百日政变又使他奇迹般地重新上台，不过这只是一次回光返照罢了。当他在滑铁卢赌博失败以后，不可避免地再次退位，并被流放到大西洋上的圣赫勒拿岛（The Island of Saint Helena）。这里远离内陆，拿破仑没有任何机会生还法国。他在这里度过了他人生的最后六年。1821 年 2 月，拿破仑的健康状况迅速恶化。3 月 5 号，拿破仑去世，享年 50 岁。据记载，他在近乎昏迷中讲的最后的话是："法兰西……约瑟芬。"

望着拿破仑的灵柩，我在想，那个曾经让整个欧洲都在他的脚下颤抖的巨人就躺在这里面吗？在滑铁卢之役中战胜拿破仑的威灵顿当被问到谁可以被称为当今之世最伟大的将军时，他毫不犹豫地说："在当今的时代，在过去的时代，在任何时代，非拿破仑莫属！"他的战略思想改变了一代人对战争、战争与政治的关系

拿破仑的灵柩

的认识；他的战术思想对欧洲、美国都产生了极大的影响；他的战例成了所有高级军事院校的经典。虽然在其他方面对拿破仑的争议很大，但对于他的军事成就、才华，大概没有人提出任何异议。《拿破仑法典》，包括民法、商法、刑法等等是历史上头一次把来自不同阶级、阶层的人们放在同一个司法系统之中，法律面前人人平等。《拿破仑法典》在世界历史上影响深远，甚至一直到今天还是法国及很多国家现代法律的基石。然而，拿破仑却在女权上大幅度倒退，并重新在殖民地恢复奴隶制度，这无疑是在开历史倒车。拿破仑的对外战争摧毁了一个个封建王朝，《拿破仑法典》在那里取代了旧秩序，即便拿破仑垮台了，但《拿破仑法典》在各地却延续了下来。然而，这一期间，欧洲死了 600 万人！我对他在埃及的杀俘及在西班牙的屠杀平民是绝对无法认同的。拿破仑在他统治时期的确给法国社会带来了和平、秩序及稳定，给公民带来了平等；但是公民是以牺牲自由为代价的：拿破仑是一个地地道道的专制独裁者！也许也正因为此，他成了希特勒的崇拜对象。二次世界大战德军占领法国后，希特勒还专门去拜谒了拿破仑纪念堂。这无疑让我对拿破仑的影响减分。

贝多芬对拿破仑称帝的行为极度失望，惋惜这么一位伟人竟然一下子变成了凡夫俗子。也许，拿破仑本来就是一个不能脱俗的人，而从来不是一个圣人。也许是我们、是贝多芬把他幻想成了一个圣人！或者，是我们希望他是一个圣人，希望在那个动荡的时代出一个圣人，是我们把他神圣化了。大凡在一个动荡时代之后，很容易出现一位强人。比如战国混战之后的秦始皇，法国大革命之后的拿破仑，一次世界大战后德国的希特勒……这里有没有一些共性？我们中国人爱讲"盖棺论定"，其实在这里，棺虽然早就盖上了，但这论却还远远没有定。我想，关于拿破仑的争论和思考还会继续下去的。

# 拉雪兹墓地

　　我有一个偏爱，那就是去访问那些长眠着"先人"们的墓地。在伦敦，我们坐地铁再倒几次公共汽车，到海格特墓地去拜谒马克思墓；在华盛顿，到阿灵顿国家公墓，我们拜访了点着长明火焰的肯尼迪墓，常年被仪仗队守护的无名烈士墓，以及南北战争时南军的著名将领李将军别墅的旧址；在宾夕法尼亚，我们访问了葛底斯堡（葛底斯堡本身就是一个巨大的公墓）。我觉得庄严肃穆的墓地给我带来心灵上的宁静，同时也让我更好地去思考。同样，在巴黎，我们去访问了埋葬着伏尔泰、卢梭、雨果，以及妻子一向崇拜的居里夫人的"先贤祠"。当然，我们也去访问了多年来一直魂牵梦绕的拉雪兹墓地。

　　母亲是研究世界史的。三四十年前，当我还在工厂的时候，一次我在母亲的藏书中，找到了一本由巴黎公社的一位幸存者所写的回忆录的中译本。即使是在"文化大革命"中，巴黎公社还是一直被当作正面东西加以宣传，而阅读有关巴黎公社的书籍，你也不用像阅读其他"封资修"书籍那样偷偷摸摸。这是我头一次知道了拉雪兹墓地：巴黎公社正是在这里的"巴黎公社墙"下画上了一个血红色的句号。就是为了这著名的"巴黎公社墙"，巴黎也值得一来。

不显眼且很容易被错过的"巴黎公社墙"

拉雪兹墓地为高大的围墙所包围，方圆100多英亩，有7万多人长眠在这里。墓地从北到南呈一个巨大的菱形，而著名的"巴黎公社墙"就坐落在墓地最东角上。这面墙今天看上去那么的平凡，如果不是提前做过调研，你可能根本觉察不到它的特别而让它错过了。但是，我是知道这段历史的。站在墙前面，我心潮起伏。140 年前，巴黎公社英雄们的鲜血染红了我脚下的土地……

1870 年夏天，路易·波拿巴三世为了转移国内矛盾，悍然挑起普法战争。法军不堪一击，很快被铁血宰相俾斯麦的普鲁士大军所打败。普鲁士军队入侵法国。法国及法军崩溃了，只有一个城市例外，那就是巴黎。9 月 19 号，普鲁士大军对巴黎实行全面封锁，以迫使巴黎投降。整整四个多月，几十万巴黎市民加入民兵组织"国民卫队"，帮助保卫巴黎。由于长期封锁，巴黎的食物严重短缺。巴黎市内的猫、狗、马、耗子，甚至动物园的两头大象都被吃了。但是巴黎人没有屈服。1871 年 1 月，普鲁士军队在俾斯麦的命令下开始炮击巴黎市区，成百上千的巴黎人死在了连续 23 个昼夜的狂轰滥炸中。1 月 28 号，巴黎彻底沦陷了。法国的最高议会以及随之成立的梯也尔临时政府向普鲁士投降，德国皇帝威廉姆一世在凡尔赛正式宣布登基。梯也尔政权被迫向普鲁士割地赔款。巴黎人民对长期封锁炮击巴黎的普鲁士人心怀怨恨，对割地赔款的梯也尔政权更是不满。巴黎的国民卫队成立了中央委员会，实际上成了梯也尔临时政府以外的另一个政府中心。这是梯也尔政权所不能容忍的。梯也尔政府于是采取了一系列惩罚巴黎人民，包括停止向抗击普鲁士侵略的国民卫队发放工资的措施。1871 年 3 月 18 号，梯也尔命令政府军队去夺取国民卫队封存在蒙马特高地的 400 门大炮。这些大炮是用巴黎人民在普法战争中捐献的钱所购买的，巴黎人民视为自己的私有财产。这一挑衅行为成了压垮骆驼脊背的最后一根稻草。妇女儿童们自愿阻止军队夺取大炮，下令向她们开枪的指挥官被从马上拉了下来，然后被处决。巴黎人民起义了，拒绝向人民开枪的政府军纷纷加入起义的国民卫队。梯也尔政府逃到了凡尔赛。3 月 18 号巴黎人民选举成立了自己的市政府，也就是"巴黎公社"，与凡尔赛的法国政府对峙。而此时梯也尔政权得到了普鲁士军队强有力的支持。从 4 月到 5 月，普鲁士释放大批在普法战争中投降的法国战俘，而这些被释放的法军军官士兵，直接成了梯也尔政府军的主力。两个月间政府军的力量越来越大，普鲁士军队对巴黎的包围封锁一点都没有减弱，巴黎公社则得不到任何外援。5 月，梯也尔的政府军开始了对巴黎的总攻。5 月 21 号，在奸细的引导下，政府军从西边攻入巴黎，巴黎公社社员进行了不屈不挠的抵抗，他们在巴黎街头修起了一道道街垒，与政府军展开巷战。这就是那震惊欧洲的"血腥的一星期（la Semaine Sang Lante）"。在这血腥的一星期里，法国军队屠杀着法国的人民。成千上万的巴黎市民，包括妇女儿童被杀害。成百在巷战中被俘的国民卫队队员被就地集体处决。没有人确切地知道究竟有多少人在那一周中被屠杀，估计有 3 万到 5 万人。巴黎街头被鲜血染红。无数著名的历史建筑被战火摧毁。过去很多人都把这些历史建筑的焚毁算在巴黎公社的头上。我对之不敢苟同。我认为拒绝谈判，对包括妇女、儿童在内的巴黎平民进行屠杀的刽子手梯也尔政府应该对此负主要责任！这些"内战内行，外战外行"的法国政府军，对外屈膝投降，但是却对首都市民大开杀戒。为他们感到羞愧吧！

5 月 28 号黄昏，一直抵抗到最后的 147 名被俘的巴黎公社社员在拉雪兹墓地最东边面墙前被排成一行，刽子手一声令下，法国士兵开枪，英雄们倒下了。他们的尸体被就地掩埋在我们今天所站立的土地下，而今天已经没有人知道这些牺牲的英雄的姓名了……

巴黎公社被残酷镇压一星期后，幸存的巴黎公社社员，诗人欧仁·鲍狄埃悲愤地写下了

诗人欧仁 · 鲍狄埃之墓

一首诗，这就是那著名的《国际歌》。诗人去世后，就被埋葬在拉雪兹墓地。具有讽刺意义的是，那个屠杀巴黎公社民众的梯也尔，死后尸体也被埋葬在这里。我们是没有愿望去吊唁那个双手沾满首都市民鲜血的刽子手的。瞿秋白是第一个把《国际歌》翻译、介绍到中国的人，从此《国际歌》也传遍中国大地。

《国际歌》是一首我比较喜爱的歌曲。从小我就对从不翻译的"英特纳雄奈尔"感到好奇。过去总被告知，"英特纳雄奈尔"就是共产主义的意思。"英特纳雄奈尔一定要实现"就是"共产主义一定要实现"。其实"international（英特纳雄奈尔）"和"communism（共产主义）"并没有必然的联系。不知道是不是因为斯大林的第三国际又被称为"共产国际"才使两者联系在了一起。我个人认为，与我们在"文革"中大会唱、小会唱的那首"他是人民的大救星"的红歌相比，主张"从来就没有救世主"的《国际歌》境界要高得多。

很多人都认为巴黎公社是共产主义革命，巴黎公社政权是无产阶级专政政权。但是我倒是更倾向于认为巴黎公社是一个由巴黎工人、劳动阶级及中产阶级组成的松散、自由、民主的政治体。在它执政的两个月中，颁布的政教分离，改善面包房工人工作条件等措施，都是很自由、很宽松的政策。它民主选举政府官员，甚至军队官员，没有独裁式的铁腕人物统治；它没有没收法国银行，反而到银行去借钱；它没有在梯也尔刚刚跑到凡尔赛立足未稳的时候就对其发动攻击，而是忙于自己的民主选举。我想如果真换上一个懂阳谋、会韬略的政治家来当头儿的话，早就把梯也尔打得找不着北了。我觉得巴黎公社更多地承袭了卢梭等人"不自由，毋宁死"的法国自由主义精神。

　　拉雪兹墓地是巴黎最大，也是最古老的墓地。一直到今天，拉雪兹墓地还在接受新去世的"永久居民"，只是今天的费用已经变得非常之昂贵。除了我所感兴趣的巴黎公社墙外，这里还埋葬着很多著名的艺术家。比如著名的作家巴尔扎克，作家奥斯卡·韦尔德（Oscar Wilde），美国女作家斯坦（Gertrude Stein），著名的音

去寻找我们想要去拜访的伟人的墓碑

乐家肖邦（Federico Chopin），歌剧作家比才及儒兹尼（Gioacchino Rossini），著名的摇滚乐歌星基米·莫尔森（Jim Morrison），以及舞蹈家邓肯等等，全都长眠于此。拿着地图，穿过一片片像蜘蛛网似的成千上万的坟墓，找到想要去拜访的伟人的墓碑，你有一种成就感。

在拉雪兹墓地，我发现了一座陵墓，一个我一直感兴趣的名人的陵墓。这个人就是拿破仑麾下著名的枭将，陆军元帅内伊（Michel Ney）。内伊是法国大革命以及拿破仑时期著名的战争英雄，是拿破仑亲自授衔的最早的十八元帅之一。米歇尔·内伊生于1769年1月10号，他的父亲是当年参加过七年战争的老兵。由于他的老家接近德国边境，内伊从小就能说流利的法语和德语。他在大学毕业后成了一个公证员。然而，内伊显然是不适合当老百姓的，法国大革命期间，面对各国针对法国的战争，他参军成了一名士兵。由于勇敢、机智、善战，内伊在军中升得很快：仅仅5年时间即从普通士兵晋升为指挥一个旅的准将。

在新维德（Neuwied）战役中，身先士卒、率领骑兵冲锋陷阵的内伊不幸落马被奥地利军俘获，成了战俘。在我们东方，几千年来，"战俘"就是"叛徒"的同义词。当年李陵"提步卒不满五千，深践戎马之地，足历王廷，垂饵虎口，横挑强胡，仰亿万之师，与单于连战十有余日，所杀过当……转斗千里，矢尽道穷，救兵不至，士卒死伤如积。然陵一呼劳军，士无不起躬自流涕，沫血饮泣，更张空拳，冒白刃，北向争死敌者"
（司马迁《报任安书》）。在面对 20 倍于己的敌军，残
军"余不满百"的情况下，李陵率残部投降了。而大汉
王朝竟然把在这种情况下被俘的李陵一家灭族示众！我
们的民族就是这样对待那些曾经为国浴血奋战的军人
吗？每当我读史至此，或者当我听到当年志愿军被俘将
士被打成叛徒的故事，听到古宁头金门登陆战役失败后
被俘官兵被打成叛徒的故事，我就情不自禁地为当年这
些军人鸣不平！那些躲在后方舞文弄墨、搬弄是非的刀
笔吏们，有什么资格去评判这些曾经为国出生入死的
英雄呢！在西方文化中，若是在无法抗争的情况下被
俘投降，并不是什么不可饶恕的罪行。记得海湾战争
时，当被俘官兵返回之时，在电视上我看到盟军最高司
令、四星上将史瓦茨科夫亲自到机场迎接，并向这些曾
经被俘，而后被释放回来的英雄们敬礼致意！同样，
内伊的被俘也并没成为他军事生涯的污点，在被交换
回后，他仍被视为国家英雄，并很快被提升为少将师
长。在拿破仑时期，内伊更是屡立战功，成为拿破仑
的左膀右臂。

　　1812 年，内伊率领法国第三军参加了拿破仑入侵
俄国的战争。而让内伊真正成名的是当战争失利、法军
撤退出俄国时，他临危受命，率领后军掩护大部队撤
退。掩护部队多次被从主力部队中切割出去，甚至被包
围。但是，内伊的冷静、机智、果敢以及他与士兵们同

生共死的大无畏精神却一次次拯救了部队，冲出重围，与主力部队会合。在科夫诺战役中，他手持上了刺刀的步枪，与普通士兵一起站在第一线坚守桥头阵地，最后掩护所有残存的法国部队撤出俄国。内伊是最后一个跨过桥梁、最后一个站在俄国土地上的法国军人。拿破仑情不自禁地惊叹："法兰西军队有无数的勇士。但是，内伊是所有勇士中最勇敢的勇士！"

俄国战役后，内伊在法国成了除拿破仑外最受尊重的军人，并在以后的两年中被不断授予最艰巨的任务。内伊意识到只有拿破仑的退位才能给法国带来和平，从而成为劝退拿破仑的军方主要代表人物之一。正因如此，他在拿破仑退位及第一次流放后，被路易十八授予"贵族"身份，并统率全国骑兵部队。当1814年拿破仑从流亡地——地中海小岛厄尔巴岛返法，向巴黎进军时，内伊担忧这又会使法国陷入战争，因而向路易十八保证要阻止拿破仑，并发出了那著名的"要把拿破仑关在一个铁笼子中带回巴黎"的誓言。可是在全国上下，特别是军人中普遍对复辟的路易王朝不满，而对使整个欧洲颤抖的拿破仑时代怀旧的大潮流中，内伊也是无能为力的，而他自己最终也加入了拿破仑的大军，并很快被授予重任。

在著名的滑铁卢战役中，内伊被拿破仑任命为左翼军的统帅。当拿破仑下令他进攻威灵顿将军的英军中央阵地时，他亲自率领法国骑兵部队冲锋陷阵。战斗中，内伊骑乘的五匹战马先后被击毙。而他并未退缩，换上另一匹继续战斗。事实上，内伊的骑兵部队已经攻克了威灵顿的炮兵阵地并缴获了所有的大炮，但是由于缺少步兵及炮兵的支持而未能冲破威灵顿专门用来对付骑兵的中央步兵方阵。更糟糕的是，威灵顿的炮兵在炮兵阵地被攻克之后躲进了步兵方阵而未被消灭；与此同时，内伊的骑兵也未能摧毁这些暂时被他们缴获的大炮，从而使英军在重新夺回这些大炮之后，又用它们轰击法军一波波的进攻浪潮。一些历史学家坚信，如果内伊的骑兵在进攻时记着带上几十把大锤和一袋铁钉，当他们掌握这些大炮时用大锤把铁钉砸进炮门，从而使这些大炮在余下的战役进程中沉默的话，拿破仑的皇家卫队绝对能冲破威灵顿的步兵方阵，进而造成英军全线崩溃，扭转整个战争的态势。内伊自己显然也意识到了他的这一不可宽恕的错误：有目击者看见他用剑狂暴、绝望地砍着这些英军的大炮。

今天我们的史家特别爱讲历史规律，好像所有发生过的、存在的就是合理的、必然的，就是历史规律使然。其实，哪里有那么多规律？历史真的有太多的偶然性了！如果拿破仑在头一天的战斗中通知内伊他打算让内伊手下的埃尔隆（d'Erlon）将军截住普鲁士军队退路的意图，而内伊也没有要求埃尔隆去支援他打击威灵顿的话，拿破仑就不会只是击溃，而是消灭了普鲁士军，滑铁卢决战时，也就根本不会有普鲁士军在威灵顿大军即将崩溃之时赶到战场解英军之围的事情发生了；如果拿破仑不是因为天气及泥泞的战场环境而推迟了总攻时间两小时，即便普鲁士援军在日落时分赶来也无力回天，因为这时已经太晚了，英军已经溃败了；如果内伊在进攻威灵顿的炮兵阵地时记着带上几把大锤、铁钉；如果内伊麾下几万骑兵中有一个人记着带上几把大锤和钉子，从而封死威灵顿那些该死的大炮的炮门，使它们在接下来的战斗中沉默的话，整个战争局面都有可能改变，以后的世界历史进程也有可能跟着改变！我真的怀疑那样一来，是不是还会有以后的第一次世界大战、第二次世界大战，以及后来席卷欧亚大陆的共产主义革命？

滑铁卢之战落败后，波拿巴王朝再次被推翻，拿破仑也再次被流放。这一次是被流放到大西洋的一个小岛圣赫勒拿岛上。1815 年 8 月 3 号，内伊被逮捕。12 月 4 号，内伊以"叛国罪"被法国贵族院送上法庭。12 月 6 号，法庭对内伊作出了有罪判决并判处死刑。12 月 7 号，内伊走上刑场面对行刑队。在战场上曾经多次负伤、无数次面对死亡的内伊高傲地拒绝了用黑布蒙上眼睛的要求，而且，他还被特许亲自向行刑队发布射击的命令。据记载，内伊的最后命令是这样的：

士兵们，当听到我的命令时，直接瞄准我的胸膛射击。现在，等待我的射击口令，这将是我对

你们下达的最后一道命令。我抗议对我所作出的
（"叛国罪"）死刑判决。我一生为法兰西而战，参
加过超过一百场战役。没有一次是站在反法兰西一
方的……士兵们，开火！

内伊倒下了。他的遗体就被安葬在这里，安葬在拉
雪兹墓地……

位于拉雪兹墓地的内伊之墓

我们访问了拉雪兹墓地最老，也是最有名的一对永
久"居民"，阿伯拉尔和埃洛伊斯的合葬墓。他们两人
的故事近千年来，久为人们所传咏。阿伯拉尔与埃洛伊

斯是中世纪最有名的一对情侣，而他们的爱情悲剧在西方历史上被普遍认同为是空前绝后的。正像埃洛伊斯后来写给阿伯拉尔的信中所说："你知道，亲爱的，全世界都知道，那不幸的命运和不可抗拒的恶势力把你从我身边夺去，世界上没有任何东西可以和我失去你的痛苦相比。"

正在修缮中的阿伯拉尔与埃洛伊斯的合葬墓

彼得·阿伯拉尔（1079-1142）是法国哲学家、神学家。他可以被视为 12 世纪最伟大的思想家之一。同时他又是著名的诗人和音乐家。他所创作的很多音乐作品今天都已失传了，但是从埃洛伊斯所作的"那温柔甜蜜的歌词与旋律是那么地充满了魅力，所有人都会为之所打动"之描述看来，一定是精品。他在教会势力占统治地位，不可对之有任何挑战或疑问的中世纪，大胆地提出："质疑求得真知"（By questioning, we learn truth）的见解。在他的"Sic et Non"（Yes and No）中，他一口气提出了 158 个哲学及神学的问题。很快，他成为巴黎最有名的学者和教师之一。而当年他在巴黎左岸成立的学校，正是如今巴黎大学的前身。阿伯拉尔还是当时巴黎知识界最出名的雄辩家。由于他渊博的知识，缜密的逻辑，以及敏锐的思维，流利的口才，据说他从未在任何一次辩论中失败过。

埃洛伊斯（1101—1164）当时是一个美丽而聪明的女孩子。她精通拉丁语、希腊语及希伯来语，很早就以她的早慧和博学闻名于巴黎的知识界。埃洛伊斯的叔父菲尔贝尔，是当时巴黎圣母院的主持，在法国势力强大的宗教界有着巨大的影响。埃洛伊斯是他的掌上明珠，而他也一直希望她能够得到最好的教育。1118 年，埃洛伊斯 17 岁，菲尔贝尔雇佣了阿伯拉尔作为埃洛伊斯的私人教师。尽管他们两人之间相差 22 岁，阿伯拉尔与埃洛伊斯为彼此的知识、智慧及心灵的共鸣所相互吸引，爱情的火花在他们中间爆发，一发不可收拾。他们两人逃离巴黎，偷偷地结婚了。一年后，埃洛伊斯生下了他们的儿子阿斯特洛拉贝。消息还是传到了巴黎，传到了埃洛伊斯叔父菲尔贝尔的耳朵里。老头子如何能容忍这种背叛、侮辱？他们这是在打老头子的脸啊。背叛者必须受到惩罚！菲尔贝尔派了一大批恶棍，并买通了阿伯拉尔的佣人，半夜里把阿伯拉尔从卧室中拉出来。阿伯拉尔竟被他们残忍地阉割了！从此，阿伯拉尔与埃洛伊斯天各一方，再也没有像夫妻那样生活过。"哀莫大于心死，辱莫过于宫刑。"阿伯拉尔从此成为一个修道院的僧侣，而埃洛伊斯则成了一家女修道院的修女。他们都没有再结婚。

　　阿伯拉尔与埃洛伊斯的故事并没有就此结束。一个偶然的机会，两个人开始相互通信。在之后的 20 年间，鸿雁传书。两人在哲学以及神学的高水平交流中，浸透、充满着爱、虔诚和忘我的热情。近千年了，他们的很多书信一直保留到今天。当我阅读着两人的通信，竟忍不住怆然涕下。相比较，我更喜爱埃洛伊斯的文字，那充满了激情、充满了爱的倾诉，可以把顽石融化！而与之相比，阿伯拉尔的文字却是太平静，太逻辑，内容也太高深。他把太多的精力投入在哲学及神学之中了。事实上，阿伯拉尔正是在这些年的思考中，在与埃洛伊斯的讨论中，使他的思想又得到进一步的升华。他那用逻辑去分析教会的观点、声明的做法，在百年后才为教会所接受。后来，在他们去世以后，两人被埋葬在一起。一开始安葬在埃洛伊斯曾经主持的女修道院中，1817 年正式移灵到巴黎的拉雪兹墓地。我们今天看到的覆盖在两人灵柩上的石篷，实际上是由来自阿伯拉尔的修道院及埃洛伊斯的修道院石头修建的。

在阿伯拉尔的脚下卧着的义犬，象征着两人至死不渝的
忠诚和友谊

　　望着阿伯拉尔与埃洛伊斯合葬的陵墓，我感动莫
名。如果说他们的悲剧足以与梁山伯和祝英台的爱情悲
剧相比拟的话，而后来他们之间那超越了性的、延续
了 20 年的友谊更可以惊天地、泣鬼神。如果这不是爱
情，我不知道什么还是爱情！在物欲横流的今天，在爱
情又成为权力、金钱、名利、地位的交换物或装饰品，
婚姻再次成为政治共同体、经济互助组、生育合作社的
今天，这种情操似乎已经过时了。然而我却更喜爱这种

"两情若是久长时，又岂在朝朝暮暮"的感觉，而且对阿伯拉尔与埃洛伊斯满怀崇敬之情。

　　放在历史的长河中，今天时髦的"只求一朝拥有，不求天长日久"的口号不见得会有多长寿命，而已经流传了近千年的阿伯拉尔与埃洛伊斯不朽的爱情故事，我相信，在下一个千年中还会继续流传下去。

# 柏林印象

## 自律，严肃，但又助人为乐的柏林人

柏林应是我所去过的各国首都中最整洁的一座城市。你几乎看不到乱扔的纸屑、口香糖。人们都很自觉地保持着社会公德，甚至于包括到柏林访问的游客，不知这是不是"橘生南国为橘，橘生北国则为枳"的原因。我们发现柏林人自律性很强，地铁、公交车上没有检票口，而人们都自觉地买票。当然这并不意味着你可以投机逃票。在柏林的三天里，我们就遇到过两次在车上随机检票的工作人员，而且据说逃票者的罚款是非常高的。德国人工作效率非常高，国家运转得像一块瑞士表。他们做事很细心。比如在欧洲预订旅馆是要你提供信用卡信息的，我们发现旅馆经理在确认我们所预订房间的电子信回函中，已经仔细地把我们的信用卡前 12 位数用"xxx"代替，以减低信用卡信息被盗窃的可能性。这显然与自由的法国人有所不同。

德国人比较严肃，你很少看到柏林人向你微笑。但是这并不表明他们是不关心别人的冷血动物。恰恰相反，他们是很助人为乐的。我们就经历了几件事。一天我们在公共汽车上看到，一位残疾人准备下车，人们主动让开路，一位小伙子翻开让轮椅上下的翻板，帮助那位残疾姑娘下车，然后把翻板翻上来，再上车继续和同伴的对话。他和其他乘客似乎都没把这当成一件"我是雷锋的战友"那样了不起的英雄事迹，而帮助一位残疾人在这里显然是很普通、很正常的事情。

另一次发生在我们去国会拱形大厦参观时。去德国之前我们从旅游指南读到，国会要一早去，避免排长队。可到达目的地后发现并没有很多人。还没来得及高兴，一位安检工作人员告诉我们，今年已经改了参观手续，要提前在网上预订时间，然后才能按你被安排的时间来参观。我们跟他讲我们不知道这些新规定，另外我们也没有地方上网，而且我们第二天就要离开柏林了。他看我们是从国外来的，就问我们是否有护照。我们立即说有。他说那你们进来吧。可是刚巧我们护照没带在身上。他说他下午一点钟下班，你们如果想进来的话，必须在一点之前带着护照来。我们立即赶回旅馆，取来护照。果然，当我们第二次拿着护照回到这里，他二话没说，也没让我们重新到后面排队就放我们进去了。整个过程，这位先生笑也没笑一下，完全是一副公事公办的态度。我们心里非常感激。等我们从国会大厦参观出来后，又准备再次去感谢人家，他仍在一丝不苟地忙着接待一批又一批的来访者。我们怕打扰人家工作，只好作罢。这件小事让我非常感慨，而且让我思考。去国 20 多年，在日常生活中让我感觉最舒服的一点就是，在国外办事你可以走正常渠道，而不用事事都必须"烦个人"！

德国国会大厦上的著名拱形楼顶

离开柏林去慕尼黑需要在法兰克福换火车。然而我们还没上车，火车就已经晚点 13 分钟了。我们怕在法兰克福错过车，就去服务台问怎么办？服务台的小伙子告诉我们，上了车后，如果发现晚点，可以去找列车员，列车员会通知下一趟要换的车稍微等一等。我们上车后告诉列车员，我们要在法兰克福转车，可能来不及了。列车员告诉我们不要紧张，列车正在把时间赶回来。如果真没能赶回时间，下一趟去慕尼黑的火车会等待我们现在乘坐的火车上的乘客。他说去慕尼黑的这趟火车是今晚的最后一班车，很多人都要赶那趟车，所以它会等你们的。这种事别说在中国，就是在美国也从来没听说过！尽管这样，德国的火车基本是准时的。同样的，这两位铁路部门的工作人员脸上也没有笑容，但是很平静地为我们提出帮助。我真的认为，在这些德国人眼中，给予乘客便利就是他们的职责所在。最后从柏林到法兰克福的火车把时间赶了回来，而我们换乘的火车，正点出发。

如果说我对柏林有什么不满意的地方，大概就是在柏林用公厕。就连麦当劳、酒吧，甚至连柏林爱乐乐团的演出剧场，厕所门前都有一个人虎视眈眈地收取洗手费（小费）。在柏林爱乐乐团看演出，我身上没带零钱，只好硬着头皮，不好意思地匆匆逃出。这的确让我对柏林印象有所减色。

## 倒塌的柏林墙

到柏林的第一天，我们就访问了著名的勃兰登堡

勃兰登堡门今天已经成为访问柏林必到的旅游景点了

门（Brandenburg Gate）。这座德国的"凯旋门"建于1791 年，是当年 14 座城门所围的老柏林城墙中仅剩的一座。它是当年普鲁士柏林的象征，后来又成为"冷战"期间分割东西柏林的象征。在大门的顶端，是四匹骏马拉的战车，战车上站着和平天使。柏林墙倒塌的时候，我们在美国。我还记得那时我们在朋友凯泽教授家，观看著名的音乐家柏恩斯坦在这里指挥柏林爱乐乐团露天演奏贝多芬的第九交响乐的情景。

1961 年 8 月 13 日，东德政府一夜之间修建起了这道著名的围墙，从此把柏林一分为二。与中国的长城不同，这道墙不是用来防御外来侵略的，而是用来对付自己的人民的。从柏林墙初建到最后倒塌，28 年间，东德的百姓冒着生命危险，运用各种智慧，创造各种手段逃往西方。他们挖地道，改造车辆，飞滑翔机，游泳等等，最终有 5043 人成功了（其中的 565 人，实际上是把守柏林墙的卫兵）。但也有成千上万的东德人在逃亡中被逮捕，甚至被卫兵击毙。

柏林墙总长 100 英里，13 英尺高，总共 300 座瞭望塔，由荷枪实弹的士兵占据。所有士兵得到的命令是射杀一切胆敢逃亡西方的人！在墙的东侧，我们看到了一条超过 10 米宽的松土带，又叫死亡带。任何人从上面走过，都会留下脚印。探照灯在不停地扫射，立即就会被发现，或是遭到枪击，或是被凶恶的警犬扑倒。等待他们的只有毙命。当一个政权必须靠铁丝网，靠死亡的威胁强迫人民继续生活在它的统治之下，当它的军队的职责从防御外来侵略，保家卫国，转换成对付自己的人民时，这个政权、这支军队也就失去了存在的合法性了。孔夫子当年带领学生们周游列国，途经泰山，见一妇人啼哭。她告诉孔子其丈夫、儿子、公公都被老虎所食，孔子奇怪地问她：那你为什么不逃离这里呢？妇人回答这里"无苛政"。孔子感慨莫名："小子识之，苛政猛于虎也。"

## 德国国会大厦（Reichstag）

德国国会大厦被欧洲旅行专家列为必看的旅游点，而它又是来柏林的各国游客访问最多的地方（如果没有安检人员的帮助，我们就有可能失去这个机会）。我上小学时，特别爱看"打仗"的电影。记得在一部苏联电影《攻克柏林》中，主人翁就是一个率领一支小分队把苏联的军旗插上德国国会拱形大厦顶端的英雄。事实上，国会大厦是由 SS 党卫军驻守，只是经过浴血奋战，苏军全歼了守卫国会大厦的一千党卫军精锐，苏军军旗才终于飘扬在那只剩下框架的国会大厦之顶！

今天我们走进的国会大厦是上个世纪 90 年代重建的，是德国民主的心脏。对很多德国人民来说，这重建的下院建筑实际上象征着德国历史上那恐怖一页的结束。在国会大厦的楼顶，矗立着完全由玻璃建成的大圆顶。这完全透明的大圆顶，象征着当今德国民主政治的透明性。这个大圆顶有 155 英尺高，两条旋转而上的人行道，引领着来访者一直走到圆顶的顶端。从这里你可以鸟瞰全柏林市景。在大圆顶建筑的中间，360 面镜子组成的立柱把自然光折射到下面的德国下院，使之几乎不用电灯照明，节省能源。这个节能的立柱甚至可以把热空气从上抽出，并把下面的冷空气吸入国会大厅，从

大圆顶建筑的中间由 360 面镜子组成的立柱

而减少空调器的使用率。

国会大厦在德国历史上占有重要位置。19 世纪 90 年代大厦建成时，德国最后一个皇帝威廉姆二世轻蔑地把它称为"清谈馆"（"house for chatting"）。而就在这里，德国共和国于 1918 年宣告诞生，而开德国民主政治之先河。这个德国民主的象征，于 1933 年几乎被烧毁，希特勒也正是利用了这一事件登上了权力的顶峰，从而把德国人民，乃至全世界人民带进了一个恐怖的时代。

德国国家社会主义工人党，简称纳粹党，在 1919 年第一次世界大战结束后，还是一个几乎在诞生不久就会消亡，不到百人的小党。但是 14 年之后，1933 年，纳粹党成为德国的执政党，进而通过国会纵火案建立起绝对独裁的第三帝国。这一政治奇迹实际上完全是因为一个人，一个在 1920 年成为该党领袖的人。这个人就是阿道夫·希特勒。

阿道夫·希特勒，1889 年出生于奥地利。他少年时曾想成为艺术家，但因缺少才华而放弃。一次世界大战爆发，希特勒参军，并因作战勇敢而获十字勋章。这在从未上过军校的志愿兵中是很罕见的。一次世界大战以德国失败告终。希特勒谴责不让新兴的德国在世界上分一杯羹的列强，并把德国的失败归罪于共产党、民主党、犹太人，以及签署了《凡尔赛和约》的魏玛政权，认为他们是在祖国的背后又扎了一刀，是德奸，是卖国贼！希特勒利用纳粹组织，在全国建立起庞大的准军事组织 SA 基干民兵冲锋队，以及他的核心秘密恐怖组织——被称为希特勒私人卫队，由希姆莱统领，身穿黑衬衫的党卫军（SS）。当希特勒在"啤酒馆政变"失败后，他迅速意识到非法斗争夺取政权在德国行不通，他敏锐地感觉到当时国际国内形势使之有机可乘，进而极快地把纳粹夺取政权的重点转移到合法竞选斗争上。一战之后，德国经济萧条。由于要付战争赔款，工业没有再生产资本，失业率超过 50%。上层阶级无钱可赚，下层工人无工可做，朝不保夕。通货膨胀十分惊人。1923年德国马克从 8.9 马克兑换 1 美元变成 190 马克兑换 1

美元！中产阶级一辈子的储蓄一夜间变得一文不值。一向不干预政治的军界也对禁止战败国德国拥有强大军队的《凡尔赛和约》不满。这样全国上下都觉得现在的情况必须改变。纳粹的机会来了，纳粹党从在议会600席位中只占12席的小党，一下子变成了第一大党（共产党为第二大党）！希特勒把两手政策执行到了完美的程度。在他从事合法竞选，强调他是能为德国带来稳定、繁荣和富强的唯一人选的同时，他的SS及SA身穿便衣，捣毁犹太人的商店和企业，与共产党互相暗杀对方党员，展开城市游击战。魏玛政权陷入瘫痪，精疲力尽的德国人民此时只能看到一条出路：让希特勒及他的纳粹党出来收拾这个烂摊子。1933年1月30号，德国总统海登伯格任命纳粹党魁希特勒出任政府首相，纳粹成了执政党。历史选择了希特勒，德国人民选择了纳粹党！

希特勒并不满足于纳粹成为执政党，他的野心要大得多。希特勒在当上首相之后，立即提出在3月举行新的大选。而就在这个时候，国会纵火案发生了。1933年2月27号晚，一场大火使国会大厦付之一炬，美丽的拱形大屋顶被烧得只剩下了一个框架。一个荷兰人卢比被捕，并很快被定罪，处死。据说当希特勒听到这一消息时兴奋地跳了起来："Now I have them！"德国议会议长、普鲁士内政部长戈林（Hermann Goring）立即指控这是共产党放的火，当天晚上4000名共产党人被

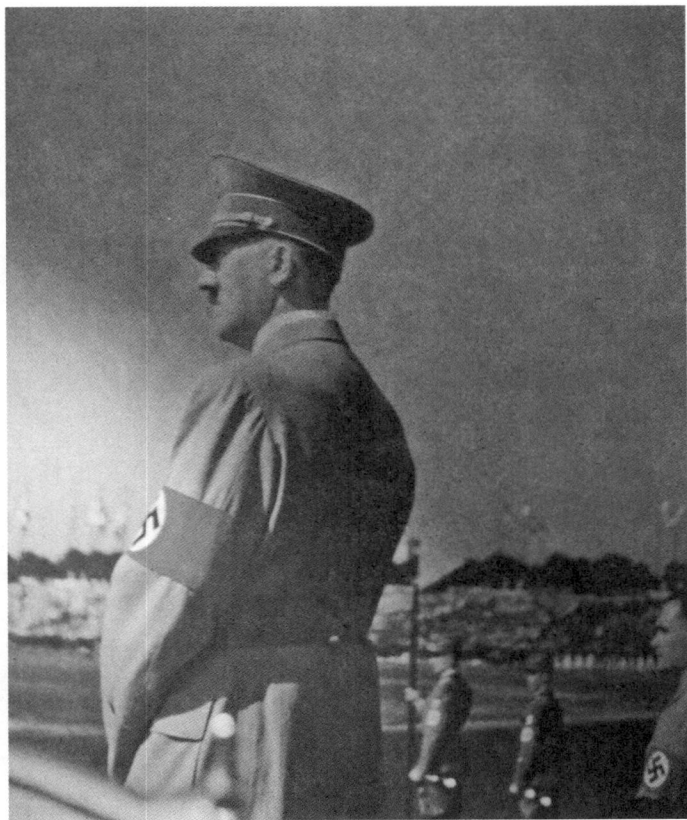

身着军装，臂戴红袖章的希特勒正在检阅 SA 大军

捕，共产党及社会民主党的报刊在最为关键的选举之前两周内被禁，所谓的选举也就没有任何悬念了。希特勒劝诱总统宣布全国进入紧急状态，把全部权力授予希特勒。

今天已经没有人确切地知道这把火究竟是怎么烧起来的，而许多历史学家从大量的史料中判断，这实际上是希姆莱的亲信、党卫军安全部长海德里希一手策划、执行的：因为希特勒需要一个他的"珍珠港"！虽然我们没有确凿的证据，但毋庸置疑的是，纳粹是这场大火最大的受益者。希特勒正是从此开始了他的专制独裁统治，并把所有权力攫取到他的手中。当你把魔鬼从瓶子里放出来后，你就很难再把它收回去了。7 月，德国成为了一党制国家，而到了 11 月，661 个席位的国会已经全部为纳粹党员所占据。

我最早知道德国国会纵火案是在"文革"的时候。记得我到南大校门口八里台新华书店去看书，可是书店里图书寥寥无几。除了"雄文四卷"以外，就剩下浩然的《艳阳天》了。一本好像名为《控诉法西斯》的小册子引起了我的注意，这是在国会纵火案后被捕并被起诉的保加利亚共产党创始人季米特洛夫在法庭上的辩护词。我花了几天的时间，站着把它读完了。季米特洛夫没有聘请律师，而是在法庭上自我辩护。在交叉询问证人时，季米特洛夫把戈林问得张口结舌，漏洞百出，以致最后戈林竟破口大骂，在全世界舆论面前出尽了丑。季米特洛夫最后取得了胜利并被法庭宣判无罪释放。

我这个人也许那个时候思维就有点问题，这本书给我留下最深印象的倒不是季米特洛夫那精彩、无懈可击的自我辩护，而是当时德国司法独立的法庭。我当时偷偷地想：这个资产阶级政权的法庭可比我们三位一体的公检法系统差远了。在我们这儿，如果说你是搞破坏的坏人，别说让你在法庭上自我辩护了，就是押赴刑场还得想办法防止你喊反动口号呢，更不用说"最后无可奈何，只得无罪释放了季米特洛夫"了！

　　司法独立的法庭在纳粹实行一党专制之后并没有延续很久。在这个一切按纳粹党的旨意办事的国度里，法庭也很快变成了纳粹镇压异己的工具。到了1943年德国陆军军人计划暗杀希特勒以拯救德国的政变失败时，7000人被送上人民法庭（People's Court），他们的命运，甚至于怎么被处死，在法院开庭之前就早已被纳粹党所决定，而没有任何悬念了。"我要他们死得要像屠宰场中挂着的一片片猪肉一样！"希特勒给法庭写信。政法部门在收到"圣旨"之后，也真的到屠宰场取来挂肉的钩子，把这些将军们这么处死了。他们中很多人是根本没经过审讯就直接被处死，而被送上法庭的，也不是要发现他们是否真的有罪，而是为了把过程记录下来，然后在学校、政府部门以及部队中播放，让人们清楚这就是反党、反对希特勒的下场。

## 戈培尔的"焚书坑儒"

　　从勃兰登堡门向东，我们沿着著名的大街林登大道（Unter den Linden）漫步。这是一条在希特勒时代之前普鲁士最优雅的街道。我们来到了倍倍尔广场

（Bebelplatz），望着那么美丽，那么安静，那么整洁的街道和广场，我的眼前却仿佛燃起了熊熊的大火。78 年前，1933 年 5 月 10 号晚上，在这里发生了欧洲自中世纪以来从没发生过的事情：烧书！成千上万的青年学生在结束了他们在林登大道上的火炬游行后，集合在这个广场上。25000 册图书就在这里被扔进大火之中付诸一炬。马克思的书被烧了，爱因斯坦的书被烧了，弗洛伊德的书被烧了，海涅的诗集被烧了，杰克·伦敦的小说被烧了……所有新近被纳粹党宣传部定为禁书的图书被这些像打了鸡血似的年轻人搬到广场上，投入火中。

1933 年 5 月 10 号晚上的焚书

新上任不到四个月的纳粹党中央宣传部长戈培尔发表了讲话，他向兴奋的青年们宣称："这场大火不但烧毁了一个旧世界，它也照亮了一个历史新纪元！"焚书的大火于是蔓延到了德国各地。

戈培尔出生在一个信仰天主教的劳动人民家庭。他个子不高且一只脚残疾，但学习非常好。一次世界大战，戈培尔试图参军为国而战，但招兵的军官看看他的脚和不高的个头，把他嘲笑挖苦了一顿。戈培尔回到家里，把自己锁在房间里整整哭了几个小时。他的婚姻生活并不美满。据说他的妻子既漂亮又愚蠢。他们一共有六个孩子。戈培尔讲："感谢上帝，孩子们继承了她的脸及我的脑子。设想一下如果是反过来的话，那将会是多么恐怖的一幅画面啊！"他写过一本小说，但没有人给发表；写过两个剧本，没有剧院想用它们；想成为记者，但报纸、杂志把他写的文章都枪毙了。戈培尔生活拮据。1922年夏天，这个在心中对整个世界充满仇恨的小个子参加了纳粹的一次集会。他听到了希特勒的讲演。戈培尔回忆，从这一刻，"我再生了"。希特勒以他敏锐的直觉，在这个小个子的身上发现了一些别人所看不到的东西。在结束讲演下来后，他给了戈培尔一个拥抱。那个晚上，戈培尔在日记中写道："阿道夫·希特勒，我热爱你！"戈培尔从此成了希特勒的死党，且至死也没让希特勒失望过：1945年当希特勒众叛亲离，甚至连纳粹二把手戈林都背叛他的时候，戈培尔依然对

希特勒忠心耿耿，效忠致死。

　　戈培尔是一个"天才的宣传家"。只要是对党有利、符合党的利益，他可以把黑的说成白的，把谎言说成事实，把真事说成谣言。他信奉"谎言重复一千遍就成了事实"的信条，一上台就首先占领舆论阵地。他关闭了共产党、社会民主党等一切反对党所控制的报刊，从此，全国的报刊全成了纳粹的代言人。他迅速意识到电台的重要性，进而控制了全德的电台。从此电台完全成为纳粹的喉舌。他减价卖给人民收音机（只要 12 马克），要求全德国每个家庭都要有一台收音机，都能每天听到党的声音。他在全国上下开始了全民的造神运

　　在纳粹的宣传教育下，德国人民对希特勒的崇拜已到了疯狂的程度

动。爱党、爱希特勒就是爱国；反党、反希特勒就是卖国贼。希特勒成了民族的上帝。孩子们虔诚地唱道："耶稣和希特勒全都受到了迫害。耶稣被推上了十字架，而希特勒成了我们的元首，他带领我们走向美好的未来。"

《第三帝国的兴亡》作者威廉姆·雪尔当时生活在德国。他从亲身经历中，深切感受到在铺天盖地的谎言之下人们是多么容易上当受骗。他说："与绝大多数德国人不同，我每天都能阅读从伦敦、巴黎、苏黎世送来的报纸；而我也能收听到 BBC 的广播。然而让我吃惊的是，虽然我绝不盲从，且对纳粹的宣传持一定的怀疑态度，但在每天近乎饱和的宣传之下，我也会感觉这些谎言和真的一样。"

全国的学校，从小学一年级到大学全都被"纳粹化"了。希特勒强调把儿童与青年培养成为新德国服务的接班人有多么重要。教科书被重写，校长、教师接受强化再教育，必须向领袖效忠才能保住饭碗。对希特勒的热爱及对犹太人的仇恨被灌输给孩子们。由纳粹党宣传部所控制的作家协会、剧作家协会、记者协会、演员协会、画家协会、音乐家协会成立了，所有从事文化工作的人都得加入相应的组织。戈培尔及党的宣传部成了审查所有作品的唯一法官，如果你发表任何不同的声音，不按党的节奏跳舞，不对希特勒山呼万岁，你就会被从相应的协会中除名，你就不能继续你的事业、职业。没有人敢再雇用你，你和你的家庭就会挨饿！"率土之滨，莫非王臣"，知识分子没有选择，只有乖乖地向纳粹党就范才有出路。就范说白了其实就是"就饭"：为了能够继续自己热爱的事业，为了自己和家人有一口饭吃，不被饿死，你只能"就范"！

当然，那时仍然存在着独立思考的知识分子。但纳粹对付他们的手段是非常严酷的。发出不同声音的人会被扣上共产党或卖国贼的帽子，归入5%敌人的范围（95%的德国人民是自愿或被迫拥护纳粹党的），被送进集中营。这种清理阶级队伍的程序逐渐被完成了。德国一位牧师后来讲过这么一段著名的话："当他们来抓共产党人的时候，我没有站出来讲话，因为我不是共产党人；接着他们又来抓社会党人和工会会员，我也没有出来讲话，因为我两者都不是；后来他们来抓犹太人了，我还是没出来讲话，因为我不是犹太人；现在他们抓我来了，此时已经没有人站出来为我说话了。"

希特勒对待党内观点与他相左的人士也一点不手软。在1934年6月30号著名的"长刀夜"中，被称为希特勒的私人卫队，身穿黑衬衫，由希姆莱所统率的SS党卫军冲进预先确定好目标的部分纳粹党员、领导人家中杀死他们。虽然希特勒只承认杀了77人，但实际上多达1000名的纳粹党员在这一夜被杀害。被杀的人中包括了纳粹党的创始人格拉格·斯坦鲁斯，85位被怀疑对希特勒忠诚不够的SA基干民兵的领导，两位陆军将军，以及一位有影响的天主教会领袖。德国人民此时终于读懂了希特勒和纳粹党："希特勒就是党，党就是希特勒"，"顺我者昌，逆我者亡！"在戈培尔的宣传及希姆莱的铁腕下，8000万德国人民被绑上希特勒的战车，你现在就是想不跟着纳粹党走也不行了。世界的灾难降临……

　　望着戈培尔曾经烧书的广场，我好像看到了2000年前秦始皇焚书坑儒的大火，看到了中世纪烧死布鲁诺的大火……我为之不寒而栗，我真诚地祈祷我们的祖国千万不要走上那条愚昧、恐怖、黑暗的道路了……

　　倍倍尔广场上这个只有书架而没有书的艺术品提醒人们不要忘记历史上这可悲、恐怖的一页

## 犹太人大屠杀纪念馆

1820 年德国著名的诗人海涅曾经讲过："当你们开始烧书的时候，就意味着你们最终会烧人！"（When you start by burning books, you'll end by burning people.）一个世纪之后，诗人不幸一语成谶：纳粹在烧书之后开始烧人了……

我们访问了犹太人大屠杀纪念馆，这里详细记载了二次世界大战期间纳粹在欧洲各地所搞的超过 200 次大屠杀。十年浩劫，600 万犹太人被害。现在每天都有成千的人访问这个纪念馆，有德国人，也有来自世界各地的游客。我们得知，今天每一个德国的高中生，必须在

有 2711 个石柱的犹太人大屠杀纪念馆

学期间至少到这个纪念馆访问一次。"前事不忘，后事之师"。德国人民希望他们的后代永远记住自己国家历史上这丑恶的一页，永远也不要重复这种错误。

同样访问过犹太人大屠杀纪念馆的滕兄告诉我，在这里给他心灵最大震撼的不是那些纳粹在奥斯维辛集中营大规模屠杀犹太人的记载，而是一张历史照片：一群身穿黄军装、臂戴红袖章的纳粹少年前锋队的孩子们正围着一个犹太孩子，侮辱、殴打他。旁边文字介绍，这张照片被拍摄下来不久，这个孩子就遇害了。一个年幼的孩子究竟犯了什么罪？就是因为他出生在一个犹太人的家庭他就该死吗！这一刻，45年前幼年留下的痛苦记忆一下子又浮现在眼前，精神仿佛都要崩溃了，他赶紧离开了纪念馆……

1933年4月，就在国会大厦被烧，国会授予希特勒无限权力之后不久，纳粹即开始一步步把反犹计划付诸实施。纳粹下令不许纳粹党员及政府工作人员到犹太人开的商店购物。党卫军（SS）在犹太人商店门前巡逻，恐吓任何打算进商店买东西的德国民众。犹太人被拖到大街上毒打、侮辱。一个纳粹党员普莱勒被开除出党，并失去工作，原因只是他的妻子从犹太人商店中买了10马克的明信片！

纳粹对犹太人的定义是非常宽的。你只要信仰犹太教，你就是犹太人。更有甚者，不用说你的父母了，只要你有一个爷爷，或奶奶，或姥爷，或姥姥是他们定义的犹太人，那你就是"狗崽子"（"犹太猪"）！犹太人被禁止在政府部门任职；犹太教授、教员被从大学、中学中解雇；犹太演员不许演戏、演电影；犹太记者、编辑被赶出新闻单位。1935年9月15号，犹太人失去了公民权。他们不许与日耳曼人通婚，被禁止上学、去图书馆、上剧院，甚至不准上公共汽车！证件上要扣上"犹太人"的标记，胸前要标上六角形的大卫符号。犹太人彻底成了二等公民。

1938年11月7号，一个陷入绝望中的犹太难民格林斯潘（Herschel Grynzpan）再也不能容忍纳粹对他父母的侮辱，冲进德国驻法国使馆，射杀了一个德国低级官员。这可是正中了纳粹的下怀。"用暴力手段摧毁犹太人及他们的产业"的命令从各地纳粹党部传达了下去。党的宣传部长戈培尔立即利用他所控制的全国舆论工具在人民中间鼓动暴力，播种仇恨，掀起了反犹、虐犹的运动。成千上万的犹太人被拖到大街上殴打，上百的犹太人被暴民活活打死。在希姆莱的命令下，党卫军（SS）抓了超过两万的犹太人，富裕的犹太人的财产被充公。这就是著名的"水晶夜"（Crystal Night）。

1941年7月，纳粹二把手戈林在希特勒的直接指示下，给党卫军安全部长、希姆莱的左膀右臂海德里希下令，让他起草一个对犹太人种族灭绝的实施纲领。海德里希邀请了从外交部到内务部、司法部等14个部委领导人共同讨论这一计划。紧接着，纳粹以党卫军牵头，把全欧洲的犹太人，以及所有持不同政见的，以共产党、民主党人为主的政治犯迁移到被占领的波兰等东欧国家，建立了死亡集中营。之后，纳粹有组织、有计划地，分期、分批把他们送进瓦斯室中毒死，再投入焚尸炉中烧掉。党卫军总头目希姆莱曾多次亲临奥斯维辛集中营视察、指导工作，并目睹超过百人的政治犯被这样处死。在 1942 年 1 月，全欧洲还有 1100 万犹太人，而到了 1945 年二战结束，600 万犹太人被纳粹所屠杀！

　　人类要生存下去，反人类的纳粹法西斯就必须被摧毁。全世界人民团结起来向法西斯发起了最后的攻击。1945 年初，美军与苏军在德国易北河会师，反法西斯

守护着英雄亡灵的苏军坦克

战争走向胜利。4 月，斯大林向苏军发布了总攻柏林的命令，要求苏军必须在五一劳动节结束战斗。在朱可夫元帅的指挥下，苏军在 4 月 30 号完全占领柏林。希特勒就在距今天犹太人大屠杀纪念馆不远的一个地下掩体里服毒自杀。被他任命继任德国首相的戈培尔，在杀死了自己妻子及所有孩子之后，也在这附近另一座地下掩体中自杀。杀人魔鬼希姆莱自杀了，戈林等纳粹战犯被送上绞刑架，许多助纣为虐的党卫军受到了惩罚。盟军对俘获的一般纳粹德军官兵按照日内瓦公约给予人道待遇，但对于党卫军则大多就地枪决。我能够理解盟军的这种区别对待的做法：对人和对畜牲不可能一样。我想，做人总还是要有一条不可逾越的道德底线的。有些事可做，有些事则是绝对做不得的。

我们访问了苏军烈士纪念碑。在攻克柏林的战役中，超过 2000 名苏军将士阵亡。当年率先冲进柏林的两辆 T-34 坦克至今仍停在纪念碑的两侧，忠诚地守护着这些在反法西斯战争中英勇献身的英雄的亡灵。

与从不向在二战中受害的中国人民道歉，甚至连南京大屠杀这样板上钉钉的历史事实都不承认的日本人不同，与不能以史为鉴，不让提，甚至不承认过去犯过的错误的一些人不同，德国人民、德国政治家，对纳粹所犯的罪行从不避讳。德国总理在犹太人被害纪念碑前下跪，向犹太人民表示忏悔，从而得到了全世界人民的尊敬。法国总统甚至为二战纳粹所建立的法国维熙傀儡政权登记、遣送法国犹太人的罪行道歉。今天德国、法国能够成为欧盟的领袖，不是没有原因的！只有敢于直面你过去的错误，你才能确保不会重蹈覆辙，人们才有可能信任你。我想，经济富裕、实力强大的日本没能成为亚洲，乃至世界的领袖（我怀疑他们以后是否还会有这样的机会），这有可能也是原因之一吧。

## 柏林爱乐乐团

我和妻子都喜爱古典音乐（Classical Music）。记得上世纪80年代我们都在南开大学工作时，一起到天津小白楼音乐厅听盛中国的小提琴独奏音乐会。音乐厅不大，但它的音响效果却是当时天津最好的，比第一工人文化宫的还要好。到美国20多年了，我们还是听不进去如今流行的滚石乐，而依旧欣赏古典音乐。到90年代中期，妻子在密歇根大学做博士后，我在底特律郊区一家小公司为银行写ATM操作系统，几乎每个周五晚上我们都要去看密歇根大学音乐学院的彩排或演出。这么多年我们是美国公共广播公司（PBS）"Great Performance"的忠诚观众，而到剧场中，我们也欣赏过旧金山交响乐团、费城交响乐团、纽约爱乐乐团等世界顶级交响乐团的演出。母亲生前好像也挺喜欢交响乐的。1964年国庆十五周年，她正好在京。十一晚上，老太太一个人去音乐厅听李德伦指挥的中央乐团演奏贝多芬《命运》交响曲。亲戚朋友们都不理解，大表哥说："十一晚上都看花嘛，哪有像大姑这样去听音乐会的！"母亲微笑："剧场中间休息时我也到阳台上看了一会儿烟花，那烟火确实是挺壮观的。"我至今还记得母亲绘声绘色地告诉我们她上学时在清华大学校礼堂听韩德尔《玛萨亚》，最后乐章全体观众起立共唱"哈里路亚"的情景。1994 年在密歇根大学校礼堂观看费城交响乐团演出，我和妻子也有了同样的经历：我们起立，与合唱团及全体观众一起共唱"哈里路亚"！

柏林爱乐乐团绝对是世界上最好的交响乐团，在好事者每年为世界一流交响乐团所作的排名表上，从来没有下过前三名。在我们逗留柏林期间，柏林爱乐乐团还确实有演出，而且是由世界著名音乐家、柏林爱乐乐团首席指挥西蒙·雷图勋爵（Sir Simon Rattle）亲自指挥的马勒《第八交响曲》。三个月前，妻子已在网上发现票早已销售一空了，但我们想无论如何也还要去试试运气。乘夜车从巴黎到达柏林的早上，一住下我们就直奔柏林爱乐乐团剧场。一个惊喜！下午三点还将会有少量当晚演出票出售，而我们也最终如愿以偿地买到了票！

古斯塔夫·马勒（Gustav Mahler）的《第八交响曲》被他自己称为他一生中最重要的作品。由于它的规模，又常常被人们称为"千人交响乐"（Symphony of a Thousand），尽管马勒本人从来没有用过这个名字。他认为这个名字太肤浅，根本无法概括《第八交响曲》的精神和内涵。

马勒《第八交响曲》创作于 1906 年。这一年，已经是马勒作为维也纳歌剧院首席指挥及音乐总监的第九个年头了。像往年一样，为了给秋天演出季节做准备，马勒于 6 月份和妻子一同出去度假。他随身携带着刚刚完成不久的《第七交响曲》的乐谱，准备在休假期间完成对《第七交响曲》的修改。然而在度假的第一天，一个不可抑止的灵感像闪电一样击中他。马勒个人认为这灵感来自于上苍。他说以前从来没有过这种经历："一个个音符清晰地浮现在我的眼前，我只要把它们记录下来就成了。"在以后的整整八周中，马勒夜以继日地疯狂创作，直到《第八交响曲》完成。马勒把这一作品献给他的妻子奥玛·马勒（Alma Mahler）。整个《第八交响曲》基于马勒个人的信念与追求：他坚信人类通过爱，尤其是具体体现于"永恒的女性"（作为马勒自己，他认为就是他的爱妻奥玛），人类可以战胜所有困难，取得看上去完全是不可企及的成就。四年后，1910 年 9 月 12 号，由马勒导演，并亲自指挥的《第八交响曲》在慕尼黑马勒音乐节上首次公开演出。虽然马勒从不喜爱哗众取宠的广告语言"千人交响乐"，但实际上这个描述就字面来讲并没有说错或夸张。马勒用了 171 位交响乐团器乐演奏家（光圆号就有八个之多），两个全员合唱团共 858 人（其中 350 人为童声合唱团），八位独唱/领唱音乐家（三位女高音，两位次高音，一位男高音，一位男中音，一位男低音），这规模已超千人！这场演出是马勒一生中在欧洲最后一次指挥乐队。八个月后，这位天才的音乐家去世了。

100年之后，我们也在柏林聆听了马勒的《第八交响曲》！我没有究竟有多少音乐家参加了当晚演出的具体数据，但可以肯定它的规模绝对超过柏林爱乐乐团平常的演出规模。我们的座位是在乐团的背面（面对指挥）。我发现后面的合唱团员已没有座位。当他们不站起来咏唱时，就坐在我们下面楼梯台阶的垫子上。即便这样，童声合唱团也坐不下，而被安排在两侧二楼上。他们专门由两位合唱团指挥看着西蒙·雷图勋爵的手势，再指挥童声合唱团唱出自己的声部。整个演出气势磅礴、扣人心弦。当演出结束，全场观众起立，热烈的掌声经久不息。西蒙·雷图勋爵率全体音乐家向四周观众致意。可惜的是，柏林爱乐乐团剧场不允许拍照，所以我们也没能记录下这宝贵的一刻。

完全可以说，在柏林所欣赏的柏林爱乐乐团马勒《第八交响曲》的演出，是我们迄今听到的最好的交响乐。

# "无知才能无畏"

不久前刚刚谢世的史蒂夫·乔布斯有一句名言："Stay hungry. Stay foolish."（求知若饥，虚心若愚。）与之相近，我们的座右铭则是："无知才能无畏"。我和妻子都是蔫大胆儿的，很多时候在做事之前根本没有经过深思熟虑，上来就做。真正做完以后，有时又后怕。我们自我解嘲说："正是因为我们无知，不晓得深浅，所以才能无畏。"记得当年我毅然决然当了史学战线的"逃兵"，远赴美国探亲陪读，继而弃文史而转学理工，既没有英语功底，也没数学功底，用父亲的话说："你们是选择了一条十分艰苦的道路。别的不用说，30岁才开始学说话，语言本身就是一道很难逾越的障碍。"20多年来，两人互相搀扶着，"大胆地向前走，向前走啊，莫回头！"好歹歹也走过来了。这当中的酸甜苦辣，大概也只有过来人才能领会了。

## 去诺曼底

在准备去诺曼底时，我们雄心勃勃地计划在下火车的巴约（Bayeux）租自行车，然后骑到奥马哈沙滩去。因为我们发现火车到达巴约的时间不便于我们搭乘公共汽车去奥马哈沙滩；打的、租汽车都太贵；跟旅游团又不自由。旅游手册上讲，从巴约到奥马哈沙滩只有 10公里远。从地图上看，最多不过 20 公里。我们去之前的几周还进行了特别训练，每周六总要骑上近 40 公里。我们想，这来回最多 40 公里，应该不成问题吧。可真正到我们把计划付诸实施时，才发现完全不是那么回事。首先，租的自行车质量太差。车死沉，还不能调座。骑上去像坐板凳似的，使不上劲（至少有九次，上坡时，都是下来推上去的）。其次，天气不好。小雨断断续续下了一天，尽管有备而来穿着雨衣，但到后来也分不清脸上流的是雨水还是汗水了。再次，从巴约到奥马哈沙滩的公路没有自行车道。一路骑下来，不断有大小汽车从身边驶过，不太习惯，也有点危险。好在盛行自行车运动的法国，人们对骑自行车的人很尊重。我们一路上迎面碰上过几拨自行车队，小伙子们看到我们，兴奋地向我们招手："宝珠！"（法语"你好"）我们也回答："宝珠！"只要对面有汽车，我们后面的汽车总是减速到几乎停下车来，等对面车过去后，才加速超过我们。我们遇到的最大的问题是没带 GPS，又没有一张好的地

图。在回来的路上，我们没有沿原路返回，而是沿着指
向去巴约的路标走的。Big Mistake！当我们沿着路标走
了五六公里以后，发现路标指向了不允许走自行车的高
速公路。但我们实在不愿意走回头路了。硬着头皮，就
往前走。我们想只要一直往正确的方向（东南）走，应
该是可以走回去的！当我们骑到一个三岔路口，两边都
标着"D29"，一条向东，一条向南，而没有看见我们下
一步应该走的"D96"。怎么办？妻子这时看到在路口附
近有一个大卡车司机正在休息，就过去问路。人们都说
在法国、德国，会说英语的人很多，这句话是事实；特
别是在巴黎、柏林这样的大城市。但同样也是事实的是
在乡下和小城镇，很多人不懂英语。这位热情的想给我
们帮助的小伙子就不会说英语。妻子指着地图说英语，
他指着地图说法语。但好好歹歹我们也搞明白了他的意
思。从他的手势看好像是说往东边那一条"D29"走，
不远就是"D96"。我们于是继续沿着"D29"往东走，而
不是按我们原来想象的那样向南走。几十公尺以后向右
一拐，果然就上了我们要去的"D96"公路。又向前骑
了 20 多公里，我们回到了巴约。自行车应该在八小时内
归还，我们在离截止时间不到一小时的时候把自行车还
了！来回我们骑了 50 多公里，下着雨，对地理不熟且语
言不通，但两个傻瓜还是实现了计划，安全地回来了。
当到达火车站三分钟后，我们就登上了回巴黎的火车！
我和妻子回来以后一致认为：We are glad we did it,

but we will probably not do it again on bike.

## 慕尼黑国际啤酒节

在慕尼黑，我们正好赶上了举世闻名的国际啤酒节（Oktoberfest），机会难得。德国啤酒世界闻名（青岛啤酒实际上也是沿用了德国啤酒的酿造工艺），而巴伐利亚的啤酒又是德国啤酒中最好的！通常啤酒节从9月的第三个星期六开始，历时16到18天，至10月的第一个星期天结束，因此得名Oktoberfest。今年的啤酒节，来自世界各地的600万人花掉八亿欧元，消费了710万升啤酒（我和妻子也帮助喝了两公升），75万只烧鸡，65万根德国香肠，近7万只烤猪肘。连为啤酒节筹备的移动厕所都有1000多座。

喝啤酒的事我们是不会落后的。下火车之后，我们跟着浩浩荡荡的大军走向啤酒节的所在地。一共14个大帐篷，每个帐篷内能坐下3000到8000不等的人。我们立即选了一个排队人最多的大帐篷。我们当时的想法是，人们都在这里排队，这里一定有最好的啤酒。既然来了，当然就要喝最好的。排了45分钟，我们终于进去了。我们感到很幸运，因为我们进去后不久，安全人员就把门给关了，只有从里边出去一个，才能再让进去一个。帐篷里每张桌子几乎都坐满了人，找了一会才看到一张桌子只有四人（两男两女），我们询问可不可以坐下，他们上下打量了我们一下，说欢迎我们，并向我们推荐啤酒、巴伐利亚香肠和椒盐卷饼。我们和他们四人很快就熟了起来，并愉快地交谈起来。我于是问他们，为什么这个帐篷人那么多？是不是因为这里的啤酒是最好的？同桌愣了一下，看了看我们说：原来你们不知道呵，这个帐篷是专门为同性恋者开的。我们表面上尽量表现得很平静，但心想："我的妈呀。"这时我们才注意到周围是有点不一样。比如我们看到我们的同桌确乎是两对人，但却不是我们认为的那样"两对人"。同桌怕我们尴尬，反倒安慰我们说，我们不歧视跟我们不同的配偶。过去我对同性恋者一向是"敬而远之"，而这是我们第一次这么近距离接触同性恋群体。我们感觉

兰仲夫妇在慕尼黑国际啤酒节

他们很正常，有知识，很有礼貌，而且能说一口流利的英语。女的一对是本地人，男的一对则是从奥地利专程赶来参加啤酒节的。我们多少感到占去人家的位置不太合适，所以在喝完我们的啤酒后，我们就向他们告别到另一个帐篷去了。

## 夜过德国南部小镇

在慕尼黑啤酒节期间，旅店很不好订，很多旅行手册都讲要提前半年到一年预订。我们提前一两个月在网上找了几家都不成。一横心，干脆不住了，玩到晚上，坐夜车赶回瑞士的苏黎世。我们在欧洲坐了很多次火车。火车速度快，不用安检，而且便宜。坐夜车是很普及的（我们从巴黎到柏林坐卧铺，两人才 80 欧元）。在那些主线火车上，广播总是会用英语播报一遍，然而在德国南部地区的火车上，只用德语预报下一站到哪里。一般在小站只停留两三分钟。我们怕坐过站，夜里也不敢睡觉了。我曾试着用英语和列车员交流，希望他在我们到站时，提前告诉我们一声以免坐过了站，但发现他的英语比较差，不太理解我的要求。其实到最后我们才知道我们的担心是多余的，因为我们下车那一站是本列客车当晚最后一站。到了这一站，这趟火车就不走了。然而，一下车马上发现新的问题来了。我们下车时是凌晨 0:20，但我们即将转乘的火车要 4:30 才出发。而更糟糕的是我们发现候车室居然上锁了。除我们俩外，还有另外四名乘客，其中一对年轻人和我们一样，也是来参加啤酒节的。车站的工作人员除了一个不太会说英语的清洁工，一个人也没有。我们试图和他交谈，发现他既没有钥匙，也没权打开候车室。那对年轻人，姑娘是来自波士顿的美国人，小伙子则是瑞士人。瑞士人一般都会德语，因为德语是瑞士的四种正式语言之一。小伙子用德语和清洁工交谈后得知，有一家酒吧要开门到 3:00，建议我们到那里去暖和暖和。我们和那对年轻人一起，拉着两个箱子，走了三个路口，来到了那个小酒吧。

　　酒吧里只有一位调酒小姐和四五个顾客。吧内烟雾缭绕（在德国酒吧室内是不禁烟的），我们不习惯，但也只好忍了，这总比在外面挨冻要好些。调酒小姐大概有二十七八岁吧，人长得很漂亮，不卑不亢，非常职业。酒吧工作人员最忌讳包打听，顾客自己愿意讲是一回事，你给个耳朵，但你不要主动去问人家。按说我们这么晚，拉着行李进来，我和妻子又是东方面孔，但姑娘一句也没打听，只是平静地问我们要喝点什么，给我们端来我们点的橙汁后，就回到柜台后继续和她的熟客有一搭没一搭地交谈。我们当时什么坏的可能性都想到了，甚至于包括万一有强盗冲进来怎么办。我们想好了，不要挣扎，所有钱财都给他，只要保留住护照，我们可以顺利回美就行了！我们在小酒吧里一直呆到凌晨3点酒吧关门。在欧洲一般都没有小费，或小费很少，妻子付给了那位酒吧小姐 20% 的小费，感谢那个姑娘让我们在她的酒吧里度过了那么长的时光。我们和那对年轻人一起回到车站，还有一个半小时。到后半夜，天气更冷了。妻子突发奇想，走到我们来的列车，发现最后一节车厢门居然没锁！我们四人就上去了，在有暖气的车厢里休息，一直到下一辆去瑞士的火车引擎发动。

中国有句古话："千金之子坐不垂堂。"其实我们本来大可不必吃这种苦，冒这种风险。但是"江山易改，本性难移"，我想大概这就是我们的本性。总是想探险，总是要挑战自己，即使有时可能会伴随着一点点危险。这次的经历，也可以算做有惊无险吧。不知为什么当时我订票，没有注意到在这个小镇倒火车需要等候的这四个小时。反之，如果我们计划得十全十美，我们绝对不会半夜走进德国南部小镇的这家小酒吧。当然，我们也就不会接触、观察到那些当地的人文风情了。而令我感到欣慰的是，当没有预测到的情况出现的时候，我们没有惊慌，也没有互相埋怨，只是大胆地向前走……

当我们坐上了回美的飞机，听到广播里和周围的旅客都说着英语，感到那么亲切，竟有了一点"我可找到组织了"的感觉。飞机起飞了，我和妻子会心地相视一笑："It is a great journey."

2011 年 12 月 26 号初稿于科罗拉多州云杉斋
2012 年 10 月 28 号修改于科罗拉多州云杉斋

**附录 1**

# 葛底斯堡行

　　家母是研究世界史的。她早年毕业于清华大学历史系，曾经师从著名历史学家雷海宗先生。老人口才很好，当年在师院教书时，在学生中口碑不错（有同学讲："听张先生下午的课，中午不睡午觉都成。"）。母亲开玩笑说过："我要是有你爸爸的学问，肯定比他讲课好！"大概是受她的影响吧，我从小也爱讲故事。老同学过了 40 多年还记得我当年讲的"肖飞买药"。上世纪 80 年代在南开执教时，我所开设的"中国古代史"很受同学（包括外系同学）的欢迎。母亲对美国史，特别是美国独立战争史和内战史情有独钟。我至今还清楚地记得 1978 年当我抱着复习大纲准备高考时，她对我讲："兰仲你记住，来克星顿的民兵打响了北美独立战争的第一枪，而葛底斯堡之战则是南北战争的转折点！"

1998 年，就在母亲去世后的一年后，我们访问了波士顿附近的来克星顿；但十几年来，也许是因为工作忙，也许是因为不顺脚，我们却一直没有机会访问葛底斯堡。今年（2010）夏天，我和妻子终于走进了宾夕法尼亚州这座著名的小城。

一

葛底斯堡位于丘陵起伏的宾夕法尼亚州南部，连绵千里的阿巴拉契亚山脉，侧卧在小城的旁边。147 年前，这里爆发了美国内战史上最大的一场战争。1863 年，从 7 月 1 日至 3 日，南北双方集结了 16 万军队（李将军统帅的七万南军及米德将军统帅的 93000 北军）会战于此！三天激战下来，双方伤亡 51000 名士兵。在这之前和之后，北美大地上从来没有过任何一场战役牺牲过更多的士兵。在 7 月 3 号著名的 "皮克特冲锋"（Pickett's charge）中，11000 名将士血沃荒原，在世界军事史上被称为 "最血腥的一小时"。六名南军将领阵亡，皮克特将军统帅的北维吉尼亚军团的一个师几乎全军覆没。正如母亲所说，这一战成为南北战争的转折点：南军在葛底斯堡之战以后，再也没能进入过北方的土地，以前连战连胜，尚武的南军从此开始走下坡路了。两年之后，1865 年初夏，美国内战以邦联南军投降，联邦北军胜利宣告结束。

## 二

　　葛底斯堡战役其实开始得非常偶然，在战役开始之前双方的最高统帅都没有计划在这里打一场大战。被誉为军事天才，且在两年来内战中战无不胜的南军统帅李将军于1863年6月下旬率领精锐的北维吉尼亚军团深入宾夕法尼亚州。南方邦联在北方两年多的封锁下，经济非常困难。南军很多人鞋都破了。李的第三军6月30号听到谣言说葛底斯堡有大批皮鞋供应，便向葛底斯堡机动，以抢到这批军用物资。他们迎头撞上了巴福德将军的骑兵部队。第三军长希尔在得到遭遇敌人的报告之后，错误地判断这里不会有联邦主力部队，命令部队继续向葛底斯堡移动。而这就是以后经常被人引用的"葛底斯堡是为一双鞋打起来的"典故的出处。一本历史书这样讲述了当时双方遭遇战的情景：南军好不容易赶走了巴福德将军的骑兵，透过烟雾和树丛，发现了前方的北军步兵。南军军官大喊："就几个民兵，没什么。"北军开火了。南军这时终于看清了敌人的装束："什么民兵？见鬼了，这是'铁帽子军'啊！"在橡树岭战场遗址，一个公园巡逻员给我们看了"铁帽子军"士兵的照片，告诉我们隶属波特马克军团第一军的"铁帽子军"当时在两军中都非常有名。他们的帽子、军服都与众不同，以坚韧顽强著称。这时候，南军已经知道他们面对的是被称为"林肯之剑"的波特马克军团主力部队，而米德将军亦终于知道李将军的军团在哪里了。双方的主力部队于是都像被磁铁吸引了一样，匆匆赶来。一场空前的大战开始了。

葛底斯堡战役一共打了三天。7月1号，第一天的战争进程一如既往，对北方十分不利。南军主力部队首先到达，形成局部优势。而北军则出师不利，第一军长郎若德出师未捷身先死，在调动军队时被流弹击中头部，当场阵亡。失去主帅的铁帽子军在不利的情况下坚持奋战，和随后赶到的第十一军一起，且战且退，在数千将士伤亡之后，撤退到了葛底斯堡东南部的塞蒙特瑞山岭。北军付出的代价是惨重的：第一军、第十一军基本被打残，余部并入韩库克将军的第二军。但是，这也为姗姗来迟的米德将军的主力部队赢得了宝贵的时间。北军在易守难攻的塞蒙特瑞山岭上建起了铁壁铜墙的钩形阵地，而塞蒙特瑞也真正成为了南军的坟墓（cemetery 就是坟墓的意思）！很多历史学家都认为，南军之所以败于葛底斯堡，就是败在塞蒙特瑞山岭的地形上了。然而，如果不是因为一个偶然，李将军很有可能再次赢得这场决定性的战役。

7月2号早上，北军第三军长斯克利斯没有执行让他占领、固守"小圆顶"（little round top）的命令而擅自出击南起桃园（Peach Orchard），结果被李将军手下第一军的朗史特里特将军痛击，北军第三军全军覆没，而更重要的是，他把北军的左翼完全暴露给李，小圆顶高地无人防守。然而，命运之神在这一刻向北军微笑了。米德将军的工兵司令华伦准将刚巧来到小圆顶高地（考察修建炮兵阵地的可能性）。他惊恐地发现小圆顶高地上除几个观察哨兵外，居然没有设防！华伦发现山下树丛中南军德克萨斯师已经向山脚下运动，当机立断让副官截住一支刚巧从山下路过的部队。一位当时的目击者讲，华伦将军直接告诉他们团长南军正从山的另一边往上爬，命令他立即抢占小圆顶高地。团长有些犹豫："韦德将军在前面，他期待我快速跟上。"华伦将军讲："你听我的。你带你的团上去，我对这行动负责！"四个团的北军竞相冲向小圆顶高地，从上到下每个人都知道如果让南军抢先一步占领高地的后果。就像《南征北战》中国共两军抢占摩天岭一样，北军先南军几分钟登顶！以后，北军居高临下，一次次打垮了亚拉巴马师和德克萨斯师所发起的轮番冲锋。

在这里尤其值得一提的是张伯仑中校和他率领的来自缅因州的二十团。张伯仑中校得到的死命令就是人在阵地在，不惜任何代价守住小圆顶高地！张伯仑战前是一位大学教授，南方分裂出联邦后，他弃笔从戎，加入了军队。此时他率领的二十团的官兵面对 10 倍于己的敌军，一步不退。弹药用光了，张伯仑命令全团官兵上刺刀，在敌人再次逼近时，全团官兵反冲锋，打了对方一个措手不及，保住了阵地。张伯仑和他的二十团甚至得到了敌人的尊敬。亚拉巴马师的奥托斯上校在回忆这血腥的一仗时讲："我从来没见过比来自缅因州的二十团更勇敢的战士了。他们团长的战术意识，坚韧，他的士兵的视死如归最终拯救了小圆顶，也拯救了波特马克军团。"

看着小圆顶高地的地形，我心中不禁暗暗为联邦北军感到庆幸：如果7月2号早上华伦将军没有刚巧来到小圆顶高地，美国的历史大概就要重写了。我个人认为，葛底斯堡战役的胜负是第二天就决定了的：当李将军的北维吉尼亚军团没能利用北军的失误占领小圆顶高地时，也就意味着南军的失败。第三天惨烈的"皮克特冲锋"只不过是一首悲壮的"壮士一去兮不复还"的葬礼进行曲罢了。

我站立在塞蒙特瑞山岭上向西眺望，夏日的微风吹拂着我的脸颊。我仿佛看到无数面军旗在飘动。战鼓阵阵，军号嘹亮，成千上万的南军将士迈着坚定的步伐向我走来。这就是那著名的"皮克特冲锋"吗？

李将军在经历了第一天的胜利及第二天的拉锯战后，虽然已意识到北军在人数、地形上的优势，但他仍固执地认为他能再次以少胜多，创造奇迹。是啊，胜利就近在咫尺：如果能击溃波特马克军团，从这里到首都华盛顿无险可守，他就可逼迫林肯政府签城下之盟！这个诱惑力太大了。7月3号，李命令皮克特将军把他的师，南军最后的预备队全调上来。加上来自北卡、亚拉巴马、德克萨斯、密西西比各师，集合待命。过去人们总以为"皮克特冲锋"都是皮克特将军麾下的部队。其实，皮克特将军的部队只是"皮克特冲锋"的一部分。
我们在访问北卡罗来纳州纪念碑时，看到这样一段碑
文："在葛底斯堡战役中，每四个倒下的邦联士兵中，
就有一个是来自北卡。"12000名南军官兵大义凛然地
向塞蒙特瑞走去。他们是在走向自己的坟墓啊，但他们
没有丝毫的犹豫。北军开炮了。炮火把进攻的方队撕开
一个个口子，又很快被后边的战士补上；战旗倒下了，
又被一次次高高地举起！这已经不是战斗，而是屠杀
了……有些连队已经突破了北军的防线，但又被米德将
军的预备队赶了回来。李将军实在看不下去了，下令撤
退。他眼含热泪，对败退下来的士兵们说："这都是我

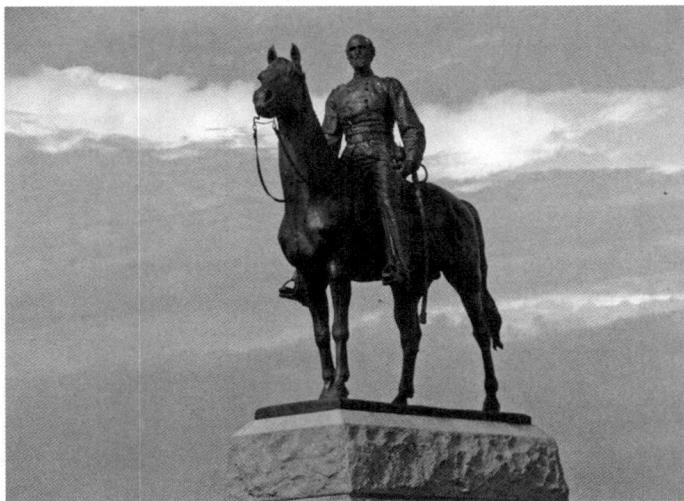

米德将军像

的错。"（It's all my fault.）

李很快就意识到了葛底斯堡战役的意义，下令全军撤回南方。北维吉尼亚军团在大雨中缓缓向南撤退，运载伤兵的大篷车绵延了 17 英里长！米德将军的胜利之师没有"宜将剩勇追穷寇"。也许，北军也在三天的血战中耗尽了最后一点力气……

### 三

眺望着远方，我的思绪飞越重洋，回到故国。我好像看到了另一座山峰，沂蒙山区的孟良崮。1947 年初夏，国共两军在这里也进行了一场血战。三野五个纵队 15 万人，把蒋介石的王牌军，五大主力之首，七十四师团团围在山上。三天激战，张灵甫阵亡，七十四师全军覆没。

张灵甫和他的七十四师，被称为抗日铁军，而张灵甫本人更是传奇式的英雄。在淞沪抗战中，他光着膀子端着机枪跳出战壕向日军扫射。万家岭战役，他亲率敢死队仿效三国的邓艾，智取张古山。张将军的壮举，被郭沫若先生编入了抗战话剧《德安大捷》。一次大战中，当一个团长在只剩下 200 人的情况下请求撤退，张灵甫在电话里喊："剩下一个人也得顶住。"张灵甫自己全身七处受伤不下火线。抗战八年，七十四师（军）参加了正面战场的几乎所有的重大战役，被日寇称为"支那最恐怖的部队"。

　　人们一般都知道田汉先生所著《义勇军进行曲》，
殊不知田汉先生还作过另一首同样著名的歌曲——
《七十四军军歌》：

> 起来，弟兄们，是时候了，
> 我们向日本强盗反攻。
> 他，强占我们国土，
> 残杀妇女儿童。
> 我们保卫过京沪，
> 大战过开封，
> 南浔线，显精忠，
> 张古山，血染红。
> 我们是人民的武力，
> 抗日的先锋！
> 我们在战斗中成长，
> 我们在炮火里相从。
> 我们死守过罗店，
> 保卫过首都，
> 驰援过徐州，
> 大战过兰封！
> 南浔线，显精忠，
> 张古山，血染红。
> 我们是国家的武力，
> 我们是民族的先锋！

起来！弟兄们，是时候了！
踏着先烈的血迹，
瞄准敌人的心胸，
我们愈战愈勇，愈杀愈勇。
抗战必定胜利！杀！建国必定成功！

曾几何时，抗战英雄张灵甫将军在解放战争中站错了队，站在了失败者的一方。一代名将之花，凋零在沂蒙山上；而当年主攻孟良崮的三野四纵司令员陶勇，也于"文革"初期遭到迫害，夫妻双双自杀身亡。今天两党、两岸仅就政策而言，已实在说不出什么太大的区别了。张、陶二将军倘若于地下有知，九泉之下不知当作何感想？

## 四

我默默地站在李将军的铜像前。将军端坐在高头大马上，向着塞蒙特瑞山岭方向瞭望。这就是那个在《飘》里被郝思嘉及无数南方姑娘所崇拜的李将军吗？如果我估计得不错的话，李将军的铜像是在这里为个人修建的最高的一座，远远高于战胜他的米德将军的铜像。李不是战败者吗？对于在"胜者王侯，败者贼"的文化中熏陶的人来说，这是一个巨大的震撼。在葛底斯堡，战胜者、战败者都得到了应有的尊重。

李将军是一位古希腊式的悲剧人物。他个人反对蓄奴，解放了家中全部黑奴，却基于对家乡父老及维吉尼亚州的忠诚，为蓄奴制的南方政权而战。他挚爱美国，却又拒绝了林肯任命他为联邦陆军总司令的职务，从军中退役，进而走上反叛之路。南军如果没有李的卓越军事才能，恐怕早就垮掉了。然而，即使是李将军这样的天才，也是无力回天的。1865年，内战终于走向结束。李将军的北维吉尼亚军团被格兰特将军以5倍于己的大军三面包围。为了挽救忠勇的部下，李将军决定投降。有人提议化整为零上山打游击，李决然拒绝了这个意见：战争是我们军人的责任，决不能转嫁给无辜的人民。他对部下说："除了去见格兰特将军，我已别无选择，我自己宁愿去死一千次。"

李与格兰特的会面及后来的受降仪式是值得大书特书的。两人是在当地一个农民的家里见面的。李穿着最庄重的军礼服，作为叛军最高将领，李是做好了上绞刑架的准备的：他必须要有最完美的军容。格兰特将军来得稍晚一些。他一身皱皱巴巴的军装，穿着像一个农民。格兰特将军向李道歉自己没来得及换装。这里没有居高临下的训斥、嘲笑，只有不使战败者受伤害的叙旧。谈判是简捷的。遵照林肯总统的意见，格兰特将军给李的投降条件是很宽厚的：为了军人的尊严，所有军官保留佩剑手枪坐骑。士兵则为了来年春天的耕种保留马骡。没有一个战俘，不追究任何人的战争罪行。没有仇恨与报复。全部官兵发给口粮，复员回家。格兰特将军说："我只有一个条件：北维吉尼亚军团属下全体官兵不得再次拿起武器对抗联邦政府和美国国家。"李接受了。格兰特将军及北军的将军们送李将军上马。鬓发如霜的老将军举帽向以前的敌人致意，格兰特将军和他的军官们亦脱帽回礼。

　　三天之后，受降仪式正式举行。郑义先生曾绘声绘色地描述了这一场面，我不能说得更好：

　　　　南军仗剑肩枪，列队行进，军旗在一片片灰色
　　军装上高高飘扬。北军队列里响起嘹亮军号，向曾
　　兵戎相见的弟兄们致最高敬意……
　　　　有人说，这是美国内战史上最辉煌的一刻。

李将军像

从历史记载中，我发现了当时主持受降仪式的正是张伯仑将军。是的，就是那位来自缅因州的大学教授，在葛底斯堡守住小圆顶高地的英雄！张伯仑将军在每一支南军团队通过时，下令全军官兵敬礼。史料记载，很多南兵眼含热泪，对北军兄弟的尊重充满感激之情。

大舅解放前是北京（前北平）警界首脑。抗战胜利后国共和谈，三人调处小组到达北京，大舅负责安全保护。当时学生们和平请愿，与护卫警方发生冲突。据说叶剑英将军抓住大舅的手腕说："今天如果死了一个学生，我拿你是问！"大舅向叶将军保证不会有流血事件发生。大舅命令所有的军警下刺刀、退子弹。结果没有学生伤亡，反倒是警员中有不少受伤的。解放前夕，通货膨胀严重，作为公务员的大舅入不敷出，孩子又多，生活相当拮据。母亲当年在交通部公路总局工作，单位每月发两袋洋面补贴。尚未成婚的母亲随外祖父、外祖母住后院，大舅一家住前院。每次发补贴时，母亲在前院就给大舅妈留下一袋洋面。五舅妈讲："爸爸一直到死还以为大姐每月就发一袋洋面补贴呢。"大舅是高级警官，生活还要靠妹妹帮一把。即便在今天，试问在高级警官中会有多少人能像大舅这么清廉？北京和平解放，大舅随傅作义将军放下武器，也算起义人员。但很快就按历史反革命罪被逮捕入狱了……

## 五

　　我们来到葛底斯堡的国家阵亡将士公墓，我站在林肯的铜像前。1863 年 11 月 19 号，公墓建成，林肯也从华盛顿赶来参加落成仪式。仪式主讲人艾文特用了两个小时，作了一个非常受欢迎的讲演。之后，林肯也被要求作一个不长，"画龙点睛"的发言。林肯的讲演只用了 272 个字，两分钟的时间，以至于摄影师刚刚架起三脚架，还没来得及拍照，林肯已经结束讲演回到自己的座位。这就是闻名世界的"葛底斯堡讲演"（Gettysburg Address）。它从此成了英语的经典，而那"民有，民享，民治"的名句，则为成千上万的人们所咏颂。南开当年历史系的同学们大概还记得，上世纪 70 年代末，王敦书先生在为我们上课时，兴之所至，竟以英语全文背诵了林肯的讲演。王敦书先生是雷海宗先生的关门弟子，最后一个研究生。雷先生被康生点名，成了全国级大右派，敦书先生也受到牵连，被戴了帽。成千上万的知识分子在那个年代被打成右派……我的姨父在 1957 年也被错打成右派了。姨父当年在河南郑州大学物理系任教，被开除公职、判刑，并送往山西劳改。而最让人啼笑皆非的是，当 1979 年郑大为姨父落实政策时，怎么也找不到姨父当年的"犯罪"档案。最后判断是当年办案人员粗枝大叶，把姨父张冠李戴送去劳改了。郑大负责纠正冤假错案的同志问表哥这些年你们是怎么熬过来的。表哥说："我母亲给人当保姆、绣花、卖血，我们家所有孩子糊盒，再加上我大姨多年来不时帮助……"郑大的同志流下了同情的眼泪。当年母亲接济二姨家也给自己找来了麻烦。中国那个时代是没有隐私的，母亲给二姨寄钱的事被街道的小脚侦缉队发现，从北京反映回天津师院。领导找母亲谈话，问这是怎么回事？母亲只好谎称寄的钱是二姨存在母亲这里的，现在只是把钱还上，蒙混过关。当姐姐的看妹妹家里揭不开锅了，伸手帮一把，何罪之有呢？1997年母亲病故，姨父给父亲来信："我遣所有子女赴津，给他们的大姨送行。"表哥在天津北仓公墓主持了母亲简单的遗体告别仪式……

我给滕兄打电话。我说，上帝真不公平，在那个历史的关键时刻把林肯这样的伟大领袖赋予了美国人民，而我们民族则没有那么幸运！在葛底斯堡国家阵亡将士公墓落成仪式上，一位将军对林肯说："总统先生，想想那些守住高地的人吧。"林肯沉默了一会儿，说："那些向高地冲锋的人也值得记住。"在李将军的军团投降的当晚，林肯在庆祝晚宴上下令乐队演奏著名南方歌曲《迪克西》以示敬意。他说，从现在起，南方人又是我们的骨肉兄弟了。就在他被刺前最后一次讲话中，林肯还不遗余力地致力于重新连接因内战断裂的南北双方的纽带。他说："让离家的各州（兄弟）安全地回家吧，至于他们是否离开过家，已经不重要了。"林肯牺牲了个人的荣誉，换来了国家的永久和平。母亲告诉我：
"南北战争以后，一百年来，北美大地上再也没有过战
争。"你不能不向拥有这样的胸怀，这样远大目光的林
肯脱帽致敬！

　　天色不早了。博物馆都在关门，游人们也在渐渐散
去。我和妻子五步一回头，恋恋不舍地走向停车场。

兰仲摄于林肯铜像前

　　　　枯藤老树昏鸦，
　　　　小桥流水人家，
　　　　古道西风瘦马。
　　　　夕阳西下，断肠人在天涯。

　　　　　　　　　——马致远《天净沙·秋思》

坐进我的老沃尔沃，坐进那跟随我走遍天涯的老沃尔沃，我们离去了。临上三十号公路，我再次停下车。蓦然回首，但见苍山如海，残阳如血。夕阳余晖中的葛底斯堡一片金黄，竟是那么美丽！我踏下油门，向西，加速，葛底斯堡渐去渐远。我想，现在我有一点理解母亲为什么那么喜爱这个她从未踏足过的小城了……

母亲（1922–1997）

**后记**：母亲去世后，我一直想写一点东西表达我对她的怀念，但却迟迟没有下笔。我写这篇文章，基于我们对历史的共同喜爱，特别是对美国内战史的钟情。谨以此献给母亲，及所有的母亲们。

2010 年 11 月 25 号深夜记于科罗拉多州云杉斋

附录 2

# 父亲是一位教师①

　　我当年的授业恩师刘泽华先生十年前在"庆祝先秦史学会成立二十周年暨王玉哲教授九十华诞学术研讨会"上曾经讲过这样一段话："先生的气度之大可以用一句话来概括，这就是：能包容自己的学生做自己的学术叛徒！"这句话赢得了与会者的热烈掌声。我觉得这句话大概可以用来概括父亲一生的为人之道。

　　父亲是一位教师。自 1943 年赴华中大学任教至上世纪末从南开大学退休，他教了一辈子书。当我还在从事史学工作的时候，父亲对我的帮助应该是很大的。他就像一部活的大百科全书，你仿佛总能从他那里得到你

---

① 本文的删节稿已于2013年1月2号先严百年冥诞在《天津日报》上发表。

希望得到的信息。他会告诉你，这个问题顾炎武曾经谈过，并随手从书架上取出《日知录》，翻开相应的条目；或者，那个问题童书业先生曾经写过一篇论文，还不错，你可以找来读一下。然而今天回想起来，最重要，也是最难能可贵的是，他从来没有一点家长作风，而你总是可以与他平等地、心平气和地讨论问题。父亲从来不要求学生遵从他的观点或学说。与之相反，他总是鼓励弟子创新，要有自己独到之处。他说："事事追随先生，不会有什么大的成绩的"，认为任何一种新学术观点的出现，总会与传统说法不一致，甚至互相抵触。这是科学研究发展过程中难以避免的，或者说也是应该出现的现象。我们"不只是应允许人家存在，而且应该欢迎新说的提出。因为任何科学的发展或进步，必须通过'百家争鸣'，才能发展壮大。若长期舆论一致，死水一潭，学术是不会向前发展的"。

记得 1996 年我去日本出差，顺道回国探亲时，遇到家父最年轻的弟子朱彦民先生。彦民告诉我，他在从父亲读博士时，在先商族起源地探索中提出一个新说，这与父亲在这个问题上的观点不尽相同。然而父亲不但不以此为忤，反而加以鼓励。更让彦民吃惊的是，父亲还从自己搜集的史料卡片中挑出两条史料交给彦民说：这两条史料也许对你的观点有所帮助。这让朱彦民先生非常感动。父亲一向鼓励学生超越自己，坚信一代更比一代强符合自然规律。上世纪 80 年代，在南开大学校学术委员会会议上，父亲告诉校长母国光先生："朱凤翰在甲骨文一些方面比我还要强。"他曾经称赞赵伯雄先生深厚的功力，说他"《左传》烂熟"！在与杨志玖（佩之）伯伯谈及伯雄的训诂及古汉语时，由衷地感叹："我最多也就理解到这个程度。"家母曾经说过："有状元学生，没有状元老师。"为人师表，最忌讳的就是武大郎开店。至于学问本身，在我看来，父亲的这种态度更是正确的。因为一个观点、假说、理论，如果真的成了不可挑战、不能讨论的东西，真成了"放之四海而皆准"，一句顶一万句的东西，这就已经不是学问，而是宗教了。

父亲的这种宽容的学术精神和谦和的态度，也许与他早年的生活经历有关。父亲当年在河北省立第十中学上初中时，每一次考试总是名列前茅。父亲的老同学张澍生伯伯告诉母亲："玉哲兄总是第一，而我不是第二就是第三。"父亲讲那时真是井底之蛙，骄傲得很。直到他考进北平男四中高中，始知天外有天。四中的同学不光都很聪明，而且也用功。他拼了老命，也就是在班里中等水平。到了考大学的时候，父亲同宿舍六人，四个考取清华，两人考入北大（北大与清华有默契：两校总是在一天考试），可见男四中学生平均水平之高。进了北大，他的老师、学长们皆为天才大能之辈。生活在这些聪明人中间，你想不谦虚都不行。父亲刚上大学不久，正值北大为孟森（心史）先生七十大寿庆生，北大文学院院长胡适先生主持大会，诸位学术巨擘皆来庆贺。父亲说外面忽然走进一位戴眼镜，身穿长袍的长者，一进来就与孟先生互相作揖问候。父亲问一位年轻助教："这位先生是谁呀？"青年助教敬畏地告诉父亲："这就是大名鼎鼎的陈寅恪先生。"以后陈先生成了父亲同屋王永兴、汪篯先生的导师。陈先生学贯中西，人

此珍贵历史照片系杨翼骧伯伯哲嗣杨培林先生馈赠

们都说他会多种语言，父亲讲这是真的。当年陈先生到图书室来，书架上放着多种语言的报刊，陈先生抬起眼镜从容地读读这个，又拿起另一本读读那个，父亲当时就在旁边。

父亲爱和我们谈他的师友。他讲头一次去上刘文典先生的课，刘先生突然指着父亲的身后，嘴里支支吾吾地说（刘先生从来都是烟不离嘴的）："你，你，你来干什么啊？我讲不出什么东西来呀。"父亲回头一看，一位年纪不算太大的学者，正冲着刘先生微笑摆手。这位先生就是沈友鼎先生。父亲讲这个人极聪明，谁的课都听，而且学什么像什么。父亲当年上罗常培先生的音韵学课，沈先生也去听。父亲讲他和其他同学还在五里云雾之中时，沈先生在课间已经与罗先生探讨很深的音韵学问题了。沈先生不拘小节。父亲读研究生时，沈先生经常到图书室借书，然后总忘了归还。最后，冯友兰先生规定他不把所有借的书还回来之前，不许他再借书。沈先生嗜书如命，不让他借书那可不行！于是沈先生先在图书室窗户外提前看好他想要的书的位置，趁人不备，冲进图书室，拿了那两本书就跑。父亲的师弟王达津先生［两人同为唐兰（立厂）先生研究生］当时是图书室管理员，就在后面追。沈先生跑回自己的屋子，"咔嚓"一声把门锁了。王伯伯没有办法，只好到后院找来冯友兰先生。冯先生声色俱厉地说："你马上把门开开出来，要不然，我下月扣你的工资！"沈先生吓坏了，赶紧出来，乖乖地把"拿"的两本书交还给王伯伯。

在父亲的回忆中，北大／联大的教授们都不世故，每个人都有着自己鲜明的个性。有忠厚长者如郑天挺（毅生）先生。父亲讲郑先生讲课嗓音洪亮，板书工整。当年北大是门槛高，墙头低。进北大很难，但进来后，却基本让学生自由发展，对考试也不是太认真。郑先生的课要考试了。先生在黑板上写下考题，父亲就听身后有的同学呼啦呼啦地翻看笔记。父亲心中暗骂："你就是考试作弊也别这么明目张胆啊！搞得毅生师都不好意思回头了！"郑先生显然也听到学生翻笔记的声音了，因为先生写好考题后，一直面向黑板讲解考题的注意事项。等他慢慢地回过头来，看笔记的同学已把笔记放回书桌里去了（我们78级学生是有幸最后聆听过郑老授课的一届学生）。有的先生则非常严厉，令人生畏，如中文系系主任罗常培（莘田）先生。在一次会议上他与历史系系主任姚从吾（士鳌）先生争执起来，罗先生讲："一头牛，出国转了一圈，回来了，还是一头牛。"姚先生变色："莘田，你在讲什么呢？"汤用彤（锡予）先生赶紧打圆场："都不要说了，都不要说了……"不过，罗先生对学生极好，而且是出了名的"护犊子"。父亲的好友傅懋勣先生是罗先生的得意门生。他毕业时准备到文再右先生主持的语言研究所去工作。罗先生对文先生的为人不以为然，不想让傅伯伯去，怕他吃亏。他数落傅伯伯的时候，家父就在旁边。其时，舒舍予（老舍）先生在一旁听明白怎么回事后，也在一旁帮罗先生劝傅伯伯。父亲讲老舍一口的老北京腔："再右这个人呵，可是不大容易相处的。在他下面做事，露锋芒，不成；不露锋芒，也不成！"罗先生接过话茬："你听听，你听听，舒先生也这么说了不是！"我总觉得，那个时代的师生关系，老师与老师间的关系，还是那么单纯、质朴，没有官场上的那种尔虞我诈，没有商场上的那种铜臭气。父亲每次和我们谈起他的老师们，总是情不自禁地带出一种对父兄般的尊重与亲情。

父亲对他的同年学长们也是推崇至极。他告诉我李埏（幼舟）、王永兴的英语非常好，比他的英语好得多。当年父亲读西方人类学、社会学的著作，读不懂时，常向同屋的王永兴伯伯请教。其实父亲的英语不好也是相对而言的。当年读研究生时，李埏伯伯介绍父亲在云大附中代课（挣点外快），父亲教的就是英语。我曾经问他，为什么不教中文。父亲摇摇头说："教中文每两周就得改一大摞作文，太费时间；相比较，改英文作文用的时间要少得多。"我想，他的英语比李伯伯、王伯伯可能差些，但也不会太差，否则那不成了误人子弟了吗？后来父亲到华中大学任教，因为一些同事就是

　　"宝台山子"。家父在此照片背面题："1940年秋末冬初北京大学文科研究所当时的研究生（从左到右）：阴法鲁，周法高，马学良，闫文儒，逯钦立，任继愈，杨志玖，董庶，王明，王玉哲，王永兴。另外还有李埏，汪篯，刘念和。其中李埏是持相机摄影者。刘、汪二人那天下午到昆明城里办事，故未照。"

外国人，教授会议的官方语言就是英语。开会你不能总
是一言不发吧？

父亲的同学都很博学。他曾经讲过周法高当年一段
趣事。一次在联大新年晚会上，周伯伯曾出一谜：可谓
有声也矣！打一东汉大将名。此谜遂成当晚最难一谜。
最后理科一才子举手："我猜出来了，是东汉大将阴
铿。"他随即走到周伯伯旁边，附耳做出解释。周伯伯
点头："完全正确。"当时一位女生大声抗议："你们不
能私下授受。你得解释一下为什么。"周伯伯憋了一个
大红脸，"这个，这个"了半天也没说出来。其实当那
个理科同学一说出"阴铿"来，父亲他们几个懂古文字
的就知道怎么回事了①，这时都在一旁等着看周伯伯的
笑话。最后另一位女生看着男生们不怀好意的笑容，急
忙拉了那个女生一把，结果不了了之。从这个小故事可
以看出当年学生水平之高：就连一个略带黄色的小恶作
剧也那么有水平！

父亲对学长任继愈（幼之）伯伯非常佩服。他说：
"幼之作诗填词其实还是我教的，可是后来给我寄来他
写的诗词，那意境比我高多了。"父亲感慨："作诗是需
要有才的！"他从来没有讳言过他的音韵学是搞语音的
研究生同学阴法鲁、马学良等同学教的。父亲讲，虽然
在大学及研究生期间都选过罗先生的音韵学课，但就是

_____

① 请参见《说文解字》对"也"字的解释。

不能得其门而入。直到老同学在下面讲解，才真正把音韵学的知识变成了自己的学问。

我曾经问父亲："怎么听你说起来，好像你的每一个同学都比你强似的？"父亲想了想回答："这大概是事实。他们每个人在一个或几个方面都比我强。我只是把从他们那里学来的知识和技能，把人类学、音韵学、甲骨文等知识运用于一个具体历史问题的研究上。仅就这个具体问题研究而言，我不比世界上任何人差。"一瞬间，我感到了一种在父亲身上很少看到的霸气。据说父亲在研究生答辩时，核心见解是反驳王国维先生关于鬼方、昆夷、猃狁等上古部族的考证，从而自立一新说，其论点之新颖、史料之翔实，特别是答辩时的从容与自信，给西南联大教授们留下了深刻的印象。当年暑假华中大学校长来联大招聘，好几位先生，包括清华的先生，都纷纷向他推荐家父，以至父亲毕业后一天助教也没干过，直接就被华中大学聘为副教授了。

父亲从他学术巨擘的老师们，从他的天才同学们那里学到了很多东西。而且，生活在这样的环境中，容易使人头脑清醒。父亲有自知之明，知道自己不是天才，不可忘乎所以。同时，他也清楚，在这种情况下，不能照走别人的路，因为你总跟，你就总跟不上。一定要走自己的路，在别人忽略的蛛丝马迹中发现别人尚未发现的问题，有自己的独到之处。这样的治学方法和态度使家父受益，所以他在多年的教书生涯中，总是自觉不自觉地想把他的治学心得传授给学生。当然，在那个革命年代中，这么做也给他带来了一些麻烦。

父亲上世纪 50 年代的今天还健在的老学生大概都还记得当年轰动南开的"凤姐的脚"的故事吧？父亲当时在课堂上为了启发同学独立思维，不因循守旧，曾讲道："读书不能读死书。如果白纸黑字都写在上边了，还用你去研究什么呀？读史料一定要在字里行间，在书的缝隙中发现史料背后的东西。"父亲举例：《红楼梦》大家读过没有？同学们纷纷点头。父亲问，那你们说《红楼梦》中的女子是天足还是缠足？同学们答不出，说《红楼梦》里没讲呵。父亲说，虽然《红楼梦》里没讲，但我判断，《红楼梦》中的女子极有可能是天足。为什么呢？首先，曹雪芹在书中对女子的美丽做了那么多细致生动的描绘，从林黛玉、薛宝钗、王熙凤，到晴雯、平儿，一个个那么栩栩如生。可是全书中间，你找不到一个地方讲这些女子脚如何如何小。这和《三言二拍》中对女子小脚的描述形成了鲜明的反差。在考据学上，我们可以称之为"默证"。也就是说，在当时人的描述中，一个风俗如果从来没出现过，也许就从来没有过。除非我们有证据证明作者为了什么原因有意不写。光有默证还不够，我不妨再加一点"旁证"。《红楼梦》四十四回中贾琏与鲍二家的正在屋中调情，被凤姐撞上，凤姐大怒，"一脚踢开门进去，不容分说，抓着鲍二家的厮打一顿"。你们想想，如果是三寸金莲，弱不禁风的话，站都站不稳，更别说能一脚把门踢开了。所以我们可以判断《红楼梦》中的女子不是缠足，而是天足。父亲的话引来同学们笑声一片，都觉得王先生讲课别开生面，很受启发。父亲在课堂上讲的内容被学生中的积极分子举报了上去，说他在社会主义大学课堂上"宣传封建，毒害青年"。父亲受到了批判，被贴了大字报，标题《凤姐的脚》，并附漫画一幅：家父身着古代女子服饰，正一脚把门踢开。领导找他谈话："你是搞先秦史的，怎么没事干讲起《红楼梦》来了？"父亲苦笑："我热情过头了。"这件事对老人打击是很大的，多年后提起还是摇头叹息。

父亲虽然遭到了批判，然而南开历史系师生这种在学习中不浅尝辄止，而是不断发掘事物表象后面更深刻问题的治学之风却没有因此中断，而是继续延续了下来。1979年我从泽华师修中国古代政治思想史。当时"文革"结束，百废待兴，报刊上提倡领导干部都要当伯乐，要善于发现人才，使用人才。这和以前"四人帮"那一套"宁要社会主义的草，不要资本主义的苗"的谬论相比，是极大的进步。然而先生讲：现在报上都在讲"伯乐思想"。那什么是"伯乐思想"呢？如果我不是伯乐，在座诸君就都是驽马？说到底这还是专制主义制度下的产物，只能寄希望于贤明的君主。先生讲，在西方现代政治中，就不大讲"伯乐思想"，而强调得更多的则是"罢免权哩"，"否决权哩"。先生一口石家庄口音，过去了 30 多年，我至今还清楚地记得当年课堂上的情景。应该说，南开的这种治学精神对我一生影响是很大的。

今天我已然远离文史，但我觉得这种在别人思维中止的地方再进一步地思考问题的方法，让我受益至今。举一个例子。1995 年下半年，我在惠普公司的通用操作系统（UNIX）开发实验室工作时接到一个项目，把惠普的 UNIX 操作系统中的 SD-UX 国际化、地区化。这和当时 90 年代中期全球化的趋势是一致的。此时系统国际化、地区化的技术已经趋于成熟，我只要审查整个软件，确定所写出来的信息皆为语言目录数据库信息所取代，这样当系统执行我们的程序时，只要相应的语言数据库已建立，根据系统所在的语言环境，从目录数据库中调出的相应的语句就会被打进文件或显示在屏幕上。

工作很顺利，很快就完成了。然而当我与日本惠普的同仁共同测试时，却发现了新的问题。如果简单把信息显示在屏幕上，一点问题也没有；但是系统在运行过程中，一项重要工作就是写记载程序运行的日志（Logfile）。如果出现问题，工程师可以根据日志复原当时的情况，找出问题根源，对系统软件予以修复。当一家使用惠普服务器的公司，如日立公司，在使用 SD-UX 更新系统失败时，他们可以把日志寄到惠普在亚特兰大的全球支援中心，如果全球支援中心不能解决这一问题，日志将会寄给我们。但是现在问题来了。系统国际化、地区化之后，日志被写成日语文件了，而日语在我们的屏幕上显示出来的都是乱码。就算我们可以把我们的机器改成日语系统，没有乱码了，你也得懂日语才能读懂日志。我们是系统专家，但不是语言专家。在这种情况下，我们通常会建议用户把系统改成英语系统，重新执行我们的程序，然后再把日志寄来。这个建议有两个问题：第一，程序重新执行问题未必会再现（Deadlock就不会每次都出现）；第二，如果用户还必须使用英语系统工作，那我们一开始搞系统国际化、地区化还有什么意义呢？

经过重新考虑，我意识到这问题的关键是在全球化的环境中，一个系统的文件也许并不是只为当地人准备的。而且，它也不一定是在系统执行任务的过程中在同一地点、同一时间被人阅读。可是当文件在系统运行过程中被写成一种语言，就不能再转换成其他语言了。我设想，能不能把系统国际化与地区化分开，储存在日志中的信息都用机器语言写，直到某人想读这一文件时，才把信息写成地区语言？我设计了两个软件，第一个软件，在系统执行命令写日志时，只记载一系列目录数据库的条款号码及信息相应的参量数据，我管它叫信息符号（Tokenized Message）。第二个软件，当有人要阅读这一日志时，根据他计算机语言环境和语言符号文件条款号码（ID）从语言数据库调出相应的语句加上参量数据，把日志还原成一种语言，打成文件或显示在屏幕上。也就是说，用这一技术，同一个日志在同一时间，在日本可以用日语阅读，在中国用汉语阅读，在美国用英语阅读。问题因此迎刃而解。惠普为我们这项发明提出专利申请，并于 2000 年 9 月为美国专利局批准。而这一专利也成了我在计算机工程领域的第一项发明。

我在想，虽然史学与计算机工程隔行如隔山，但从科学方法论的角度看，两者是否有些相通之处？记得当年我和妻子讨论改学计算机工程专业的可能性时，我们的一位朋友对妻子说，兰仲过去在研究历史中得到的训练，也许在逻辑思维方面比你这样纯理科出身的人更有优越性。听上去虽有些牵强，但我还是感觉今天我搞工程有自己的一些独特性，有些地方受益于从家父及南开的师长们学到的做学问的方法及思维方式。

先严乘鹤仙去，迄今已逾七载。作为一位随时可以指导我的老师，他已经永远地离我而去了。我至今后悔当年没有和父亲合作搞过一个课题的研究，合写过一篇论文，现在只能是永久的遗憾了。子在川上曰：逝者如斯夫！很多东西都是这样：当你捧之于手的时候，不知道珍惜；只有当永远离你而去之后，方意识到珍贵。其实我应该感到知足，我曾经拥有过。在我的生活中，我曾经有过这样一个父亲，有过这样一个老师，最重要的，曾经有过这样一个朋友！我想，我是幸运的……

2012 年 9 月 5 号记于美国科罗拉多州云杉斋